COMPLEX
3

COMPLEX
3

CONTENTS

complex
11

COMPLEX
PETIT RÉSUMÉ
JE M'AP-PELLE RIN.
À LA MORT DE MON GRAND-PÈRE, J'AI QUITTÉ MON VILLAGE POUR ALLER VIVRE CHEZ MA MÈRE À TOKYO.
RIN SUZUKI (14 ANS) (ÉLEVÉE À LA CAMPAGNE)
MIYU SUZUKI MODÈLE PHOTO MÈRE DE RIN
ELLE TRAVAILLE COMME MODÈLE EN TRICHANT SUR SON ÂGE.
MAIS NOS RE-TROUVAILLES SONT DE COURTE DURÉE CAR LE LENDEMAIN MÊME, ELLE PART À L'ÉTRANGER AVEC SON AMOUREUX...
COMME IL FALLAIT BIEN QUE JE GAGNE MA VIE... ...J'AI COMMENCÉ À TRAVAILLER COMME MODÈLE... EN REMPLAÇANT MA MÈRE.
ELLE A MIS DES FAUX SEINS.
PERRUQUE
ON PEUT ENCORE METTRE DEUX COUSSINETS
SETSU ASABA (19 ANS) FILS DU DIRECTEUR DE L'AGENCE ET MANAGER DE RIN
TORA MORISAKI (14 ANS) LE FILS DE L'HOMME AVEC QUI S'EST REMARIÉE MIYU.
PUIS MA MÈRE EST REVENUE...
JE VAIS ME REMA-RIER ET J'AIMERAIS QUE NOUS PARTIONS VIVRE EN ANGLE-TERRE.
RIN...
SEULE-MENT VOILÀ...
C'EST POUR ÇA QUE JE SUIS RESTÉE.
KYO YUKIEDA MODÈLE
...JE VEUX DEVENIR UN VRAI MODÈLE, COMME KYO.

DES "BEAUX GARÇONS" ?
LAFORET
OUI, DANS NOTRE MAGAZINE, IL Y A UNE RUBRIQUE SPÉCIALE INTITULÉE : "À LA CHASSE AUX BEAUX GARÇONS"
VOUS CORRESPONDEZ PARFAITEMENT À CE QUE NOUS CHERCHONS.
VOTRE ÉCOLE EST PRÈS D'ICI OU ALORS VOUS ÊTES VENUS VOUS PROMENER DANS LE QUARTIER ?
VOUS ÊTES COLLÉGIENS, N'EST-CE PAS ? QUEL ÂGE AVEZ-VOUS?
COMMENT VOUS VOUS APPELEZ ?
M...
ON PEUT PRENDRE QUELQUES PHOTOS ?
DES PHOTOS ?
VOUS DEVEZ PASSER PAR NOTRE AGENCE.
!?

VOTRE AGENCE ?
VOUS TRAVAILLEZ POUR UNE AGENCE ?
DEPUIS QUAND TU TRAVAILLES À L'AGENCE, TOI ?
OUAIS...
TORA, QU'EST-CE QUE TU RACONTES ?
JE SUIS DÉSO-LÉE...
MAIS JE NE SUIS PAS UN "BEAU GARÇON".
MAIS SI ! VOUS ÊTES SUPER MIGNON !
JE VOUS JURE !
JE SUIS UNE FILLE.
JE SUIS DÉSOLÉE.
!?
J'AI PERDU UN PARI ET DU COUP, JE DOIS PORTER UN UNIFORME DE GARÇON.
ALLEZ, ON Y VA.
ÇA ALORS...
C'EST LEUR MAGAZINE QUI A ORGANISÉ LE CONCOURS OÙ RIN A ÉTÉ ÉLIMINÉE.
Puchi

TIENS, C'EST VRAI, ÇA.
VOUS AVEZ PARTICIPÉ AU CONCOURS POUR DEVE-NIR MODÈLE ?
OH !
C'EST ELLE.
J'EN ÉTAIS SÛRE. C'EST ELLE QUI A ÉTÉ SÉLECTION-NÉE.
MANA SATOMIYA (15 ANS)
JE ME SUIS INSCRITE AU CONCOURS DANS L'ESPOIR DE RENCONTRER KYO, LE CÉLÈBRE MODÈLE.
JE NE SUIS PAS UN GARÇON, MAIS...
...S'IL VOUS PLAÎT, PRENEZ-MOI QUAND MÊME EN PHOTO POUR VOTRE RUBRIQUE !!

LA CHASSE AUX BEAUX GARÇONS
QU'EST-CE QUE C'EST QUE ÇA ?
À la chasse aux beaux garçons ?
TORA (QUATRIÈME) SUZUKI (QUATRIÈME)
C'EST MON PREMIER VRAI BOULOT !
DÉSOLÉE DE PAS TE L'AVOIR DIT.
TU POURRAS DIRE QUE TU TRAVAILLES LE JOUR OÙ TU SERAS RÉMUNÉRÉE POUR ÇA.
JE SAVAIS PAS
C'EST JUSTE UNE PHOTO PRISE DANS LA RUE.

C'EST PAS GRAVE ! ET PUIS, MÊME SI C'EST DANS LA RUBRIQUE "BEAUX GARÇONS", AU MOINS...
...J'AI MA PHOTO DANS UN MAGAZINE !
MÊME SI C'EST PAS UNE PAGE EN COULEUR.
JE VOIS
JE SUIS HYPER CONTENTE !
ET PUIS, REGARDE.
LÀ ! LÀ !
Puchi
ILS ONT PRÉCISÉ QUE J'ÉTAIS UNE FILLE.
UNE FILLE EN ☆ UNIFORME DE GARÇON ! SI ELLE PORTE CET UNIFORME, C'EST PARCE QU'ELLE A PERDU UN PARI. POUR L'ANECDOTE, ELLE AVAIT PARIÉ QU'ELLE SERAIT SÉLECTIONNÉE AU DERNIER CONCOURS... ORGANISÉ PAR NOTRE MAGAZINE !
GRÂCE À CETTE PHOTO, JE POURRAI PEUT-ÊTRE FAIRE DES CASTINGS.
JE VAIS POUVOIR FAIRE MES DÉBUTS EN TANT QUE MODÈLE. ♡
CE QUE TU PEUX ÊTRE NAÏVE.
MA PAUVRE PETITE...

TU CROIS VRAIMENT QU'AVEC CETTE PHOTO MINUSCULE, ON VA T'APPELER POUR FAIRE DES CASTINGS ?
PAR CONTRE, CETTE FILLE EST RAVISSANTE, SURTOUT AVEC SON PETIT CÔTÉ EXOTIQUE.
OUI, ELLE EST VRAIMENT CRAQUANTE.
TOI AUSSI, TU TROUVES QU'ELLE EST JOLIE ?
UNE JOLIE FILLE EST JOLIE POUR TOUT LE MONDE.
AH, C'EST ELLE QUI A ÉTÉ SÉLECTIONNÉE À L'AUDITION. ÇA NE M'ÉTONNE PAS.
C'EST CLAIR -
AVEC ELLE À L'AUDITION, JE N'AVAIS AUCUNE CHANCE D'ÊTRE SÉLECTIONNÉE -
TU NE DOIS PAS DIRE ÇA.
AS-TU ESSAYÉ DE COMPRENDRE POURQUOI TU N'AS PAS ÉTÉ SÉLECTIONNÉE ?

BAH EUH. PARCE QU'ELLE ÉTAIT LÀ.
ET C'EST LA SEULE RAISON ?
Puchi
TU AS VU COMMENT TU T'HABILLES ?
OUI, ET ALORS ?
TU NE PORTES QUE DES SURVÊT' ET DES UNIFORMES.
TU NE T'INTÉRESSES MÊME PAS À LA MODE.
MIYU T'A EXPLIQUÉ LA DIFFÉRENCE QU'IL Y A ENTRE UN MODÈLE PHOTO ET UN MANNEQUIN DE MAGAZINE, N'EST-CE PAS ?
LES MANNEQUINS POSENT HABILLÉS VÊTUS DE VÊTEMENTS DE MARQUE.
LEUR TRAVAIL CONSISTE À DONNER ENVIE À CEUX QUI LES VOIENT DE PORTER LES MÊMES VÊTEMENTS.
DONC SI TOI AUSSI, TU VEUX DEVENIR MANNEQUIN ...
...TU DOIS T'INTÉRESSER À LA MODE ET AUX VÊTEMENTS.

T'ES MARRANT, TOI !
IL FAUT DE L'ARGENT, POUR S'ACHETER DES VÊTEMENTS.
TU M'AS JAMAIS PAYÉE.
SI C'EST ÇA, JE PEUX T'EN PRÊTER.
QUEL RADIN, CELUI-LÀ, IL PROPOSE MÊME PAS DE M'EN ACHETER.
POURQUOI EST-CE QUE TU PORTES UN UNIFORME DE GARÇON ?
QU'EST-CE QUE T'AS FAIT DE TON UNIFORME ?
EN FAIT -
J'AVAIS PARIÉ QUE JE SERAIS SÉLECTIONNÉE PAR LE MAGAZINE PUCHI POUR DEVENIR MODÈLE AMATEUR.
AH BAH ÇA, C'EST LA MEILLEURE !
C'ÉTAIT BIEN LA PEINE QUE JE M'OCCUPE DE T...
OUPS...
?
NON, RIEN.

HEIN ?
REGARDE, C'EST ELLE.
Aujourd'hui, on a du curry rice à midi !
?
REGAR-DEZ ÇA !
À LA CHASSE AUX BEAUX GARÇONS
UNE FILLE EN UNIFORME DE GARÇON !
REGARDEZ, C'EST RIN !
C'EST SUPER, HEIN ? VOUS AVEZ VU LA CLASSE ?
C'EST MOI !
OUI, ET ALORS ?
ELLE A SEULEMENT ÉTÉ PHOTO-GRAPHIÉE PAR HASARD.
ET PUIS, C'EST QUOI, CETTE HIS-TOIRE DE "BEAU GAR-ÇON" ?

ELLE EST PRÊTE À FAIRE N'IMPORTE QUOI POUR AVOIR SA PHOTO.
PFFF. C'EST NUL.
MADE-MOISELLE SUZUKI.
VOUS NE POUVEZ PAS GARDER CET UNIFORME.
JE SAIS QUE VOUS AVEZ FAIT UN PARI AVEC VOS CAMARADES DE CLASSE, MAIS -
LES AUTRES PROFESSEURS TROUVENT QUE CE N'EST PAS CONVENABLE QUE VOUS RESTIEZ HABILLÉE EN GARÇON.
J'AIMERAIS RENCONTRER LA PERSONNE QUI S'OCCUPE DE VOUS.
LA PER-SONNE QUI S'OC-CUPE DE MOI ?
MAIS MA MÈRE EST REP -
MADAME.
SHIBATA -
DANS LE RÈGLEMENT DU COLLÈGE, RIEN N'INTER-DIT À UNE FILLE
DE PORTER UN UNIFORME DE GARÇON.

LE PROBLÈME, CE SERAIT PLUTÔT...
CEUX QUI PORTENT DES BOUCLES D'OREILLE, COMME TORA...
...OU ENCORE CEUX QUI TRAÎNENT À HARAJUKU ET À SHIBUYA EN UNIFORME.
オレ?
MOI AUSSI, ON M'A AC-CUSÉE À TORT. ALORS J'AI DÛ APPRENDRE À ME DÉFENDRE.
FAUT PAS TE LAISSER FAIRE.
MERCI, SHIBATA.
AVANT QUE TU ARRIVES, C'ÉTAIT MOI LA SOUFFRE-DOULEUR DE LA CLASSE.
OUI.
C'EST POUR ÇA QU'ELLE EST SI GENTILLE AVEC MOI. ELLE A TOUJOURS L'AIR DE FAIRE LA TÊTE...
...MAIS C'EST SEULEMENT UN MOYEN DE SE PROTÉGER DES AUTRES.
ELLE EST VRAIMENT GENTILLE...
...MÊME SI ELLE NE VEUT PAS MONTRER SES SENTIMENTS.

HEIN ?
OUI. QUELQU'UN DE TRÈS GENTIL QUI FAIT TOUT POUR PARAÎTRE DÉSAGRÉABLE ...
ELLE ME RAPPELLE "QUELQU'UN" ...
LA CLASSE ?
La classe !!
Kyaaa !
C'est elle!
ON T'A VUE DANS CE MAGAZINE !
ON EST FANS DE TOI, SUZUKI !
FANS DE MOI ?
COMME T'ES GRANDE ET ÉLANCÉE, ON TE TROUVAIT DÉJÀ VACHEMENT BELLE...
... MAIS LÀ, AVEC CET UNIFORME, T'ES TROP CLASSE !
Surtout reste comme ça, ...hein ?
COOL !
ELLES ONT VU MA PHOTO.

PEUT-ÊTRE MÊME QUE DES PROS VONT LA VOIR…
…ET ME CONTACTER POUR UNE SÉANCE PHOTOS.
T'ES VRAIMENT NAÏVE, MA PAUVRE FILLE.
OUI, ELLE ME RAPPELLE VRAIMENT "QUELQU'UN".
JUSQUE DANS SA FAÇON DE PARLER !
LAFOR
DÉSO-LÉE
AÏE !
MAIS POURQUOI EST-CE QU'IL Y A TOUJOURS AUTANT DE MONDE ?
EN PLUS, ILS ONT TOUS DES SACS REMPLIS D'ACHATS.
ILS ME FONT RIRE, AVEC LEUR "MARAS-ME ÉCONOMI-QUE"…
"COMME T'ES GRANDE ET ÉLANCÉE …"

VOUS AVEZ VU QUELQUE CHOSE QUI VOUS PLAISAIT ?
NE RESTEZ PAS DEHORS. ENTREZ DONC ET PRENEZ TOUT VOTRE TEMPS POUR CHOISIR CE QUI VOUS PLAÎT.
EUH...
NON MERCI, ÇA NE M'INTÉRESSE PAS...
J'AI L'IMPRESSION DE VOUS AVOIR DÉJÀ VUE QUELQUE PART.
HEIN ?
"SI TU VEUX DEVENIR MANNEQUIN...
...TU DOIS T'INTÉRESSER À LA MODE ET AUX VÊTEMENTS".
C'EST ÇA QUE TU REGARDAIS ?
ON EN VEND BEAUCOUP, TU SAIS.
IL EST PEUT-ÊTRE UN PEU GRAND POUR TOI.
TU VEUX L'ESSAYER ?
7 800 YENS ?!
ARGL ! C'EST SI CHER QUE ÇA !
J'AI PAS D'ARGENT !
DÉSOLÉE !

C'EST HORS DE PRIX ! 7 800 YENS POUR UN SIMPLE T-SHIRT !
LÀ, JE PEUX VRAIMENT PAS.
IL EST MARRANT, LUI. FAUT AVOIR LES MOYENS, POUR S'INTÉRESSER À LA MODE !
OH...
J'Y CROIS PAS ! IL S'EST PAYÉ LE T-SHIRT À 7 800 YENS !!
DIMANCHE, ON A UNE SÉANCE PHOTOS.
AH, OUI
ON M'A CONTACTÉE POUR UN CASTING ?

C'EST PAS POUR TOI, TRIPLE IDIOTE !
C'EST POURTANT ÉVIDENT !
C'EST POUR L'AUTRE RIN SUZUKI !
EUH, NON, JE PLAISANTAIS. JE SUIS TRÈS CONTENTE ET JE VAIS FAIRE DE MON MIEUX !
CE SERA EN EXTÉRIEUR.
EN EXTÉRIEUR ? GÉNIAL ! ILS VONT LE FAIRE SUR UNE ÎLE DU SUD ?
À OKINAWA ? OU PEUT-ÊTRE À L'ÉTRANGER ?
NON, À ODAIBA, TÔT LE MATIN.
ZUT, ALORS…
ENCORE DES PHOTOS EN MAILLOT DE BAIN
FFF…
PERSONNE NE M'APPELLE POUR DES CASTINGS.
TIENS.
UN MODÈLE DOIT ÊTRE PATIENT…
C'EST AU PRIX D'EFFORTS QUOTIDIENS QUE TU POURRAS TROUVER DU TRAVAIL.
PATRON.

QU'EST-CE QUE C'EST ?
C'EST UN PROTÈGE-DOCUMENTS. TU POURRAS Y METTRE LA PAGE DU MAGAZINE SUR LAQUELLE SE TROUVE TA PHOTO.
IL FAUT QUE TU TE FASSES UN BOOK.
UN "BOOK" ?
C'EST LE C.V. DU MODÈLE.
TU Y GLISSERAS TOUTES LES PAGES DE MAGAZINE SUR LESQUELLES TU FIGURES ...
...AINSI QUE DES PHOTOS DE TOI QUE TU AURAS FAIT FAIRE PAR UN PHOTOGRAPHE PROFESSIONNEL.
SURTOUT, EMPORTE-LE AVEC TOI À CHAQUE CASTING. ON TE LE DEMANDERA. C'EST GRÂCE À ÇA QUE TU POURRAS TE VENDRE.
AH BON ?
MAIS ALORS, VOUS AUSSI -
VOUS ÉTIEZ MODÈLE QUAND VOUS ÉTIEZ PLUS JEUNE ?
NON.
VOUS ÉTIEZ MODÈLE, QUAND VOUS ÉTIEZ PLUS JEUNE ?
TU ES DURE, LÀ.
MAIS OUI, VOUS AUSSI, VOUS DÉGAGEZ UNE SORTE D'AURA.
....

RIN. ILS ONT DU BOULOT POUR TOI.
ALORS COMME ÇA VOUS ÊTES MODÈLE. JE ME DEMANDAIS CE QUE VOUS FAISIEZ.
ILS DEMANDENT SI TU ES LIBRE SAMEDI.
POUR MOI ?
OUAIS.
SAMEDI, DIMANCHE... JE VAIS PASSER MON WEEK-END EN MAILLOT DE BAIN.
ENFIN C'EST SUPER. L'AUTRE RIN A PLEIN DE BOULOT.
C'EST POUR TOI, PAS POUR L'AUTRE.
ET ILS VEULENT QUE TORA T'ACCOMPAGNE.
TOUT LE MONDE PARLE DE TOI, TU SAIS ?
AVEC TON UNIFORME, ON CROYAIT VRAIMENT AVOIR TROUVÉ UN BEAU GARÇON.

ET PUIS COMME NOUS AVIONS PRÉCISÉ QUE TU ÉTAIS HABILLÉE EN GARÇON PARCE QUE TU N'AVAIS PAS ÉTÉ SÉLECTIONNÉE LORS DE NOTRE CONCOURS...
...DE NOMBREUSES LECTRICES NOUS ONT ÉCRIT...
ET FINALEMENT, ON A DÉCIDÉ DE TE PRENDRE COMME MODÈLE À L'ESSAI.
SI LA SÉANCE SE DÉROULE BIEN, TU POURRAS PEUT-ÊTRE TRAVAILLER POUR NOUS.
MERCI BEAU-COUP !
YOUPI !!
TU ES TOUJOURS EN SURVÊ-TEMENT ?
OUI.
OUI.
QUOI ? VOUS VOULEZ QUE JE METTE UN SURVÊTEMENT ?

C'EST PARFAIT ! TU ES SUPER JOLIE, COMME ÇA !
MOI ?
ILS M'ONT MIS UN SURVÊT.
JE SUIS VRAIMENT JOLIE ?
C'EST ÇA, TRÈS BIEN.
CONTINUE COMME ÇA ! IL FAUT QUE TU AIES L'AIR EN PLEINE FORME.
POURQUOI VOUS ME METTEZ UNE ROBE ?!
JE SUIS UN VRAI GARÇON, MOI ! VOUS ME CONFONDEZ AVEC RIN !

DÉSOLÉE...
DÉCIDÉMENT...
JE CROYAIS QUE TOI AUSSI TU T'ÉTAIS DÉGUISÉ EN GARÇON.
TU ES SUPER MIGNON
BEAUCOUP PLUS QUE MOI
C'EST VRAI, TU TROUVES QUE JE SUIS MIGNON ?

C'EST DANS LA BOÎTE !
ALORS ? ALORS ?
VOUS M'AVEZ FAIT DE BELLES PHOTOS ?
JE NE PEUX PAS ENCORE TE DIRE SI ON TE RECONTACTERA, MAIS…
… TU T'ES TRÈS BIEN DÉBROUILLÉE ET TU AS UN VISAGE TRÈS EXPRESSIF. MERCI D'ÊTRE VENUE.
C'EST MOI QUI VOUS REMERCIE.
MAIS…
C'EST BIZARRE. ON DIRAIT VRAIMENT PAS QUE C'EST LA PREMIÈRE FOIS QUE TU POSES POUR UNE SÉANCE PHOTOS.
HEIN ?
PERSONNE NE DOIT SAVOIR…
… QUE LE CÉLÈBRE MODÈLE RIN SUZUKI N'A EN RÉALITÉ QUE 14 ANS.
JE L'AI PROMIS À MA MÈRE.

J'ADORE LES APPAREILS PHOTO !
AU FAIT. QUEL NOM DOIS-JE METTRE SOUS LA PHOTO ? JE NE M'EN SOUVIENS PLUS.
METTEZ SEULEMENT "SUZUKI".
FINALEMENT, ILS ONT DÉCIDÉ DE LE FAIRE DANS LES STUDIOS DU MAGAZINE.
DÉSOLÉE, KYO.

QUOI, VOUS AVEZ BESOIN DU STUDIO ?
MAIS ON VIENT JUSTE DE TERMINER.
IL FAUT QUE VOUS ME RANGIEZ TOUT ÇA.
ON A UNE SÉANCE PHOTOS TRÈS IM-PORTANTE.
SALUT.

WAAAH_

BON. RIN, ON RENTRE ?
ATTENDS. J'AIMERAIS BIEN REGARDER UN PETIT PEU.
MOI, ÇA M'INTÉRESSE PAS !
EH, VOUS DEUX ! SI VOUS N'AVEZ RIEN À FAIRE ICI, JE VAIS DEVOIR VOUS DEMANDER DE SORTIR…
JE NE VEUX PAS QUE VOUS PERTURBIEZ LA SÉANCE.
COMMENT ÇA "SI ON N'A RIEN À FAIRE ICI" ?
ON EST DES MODÈLES, NOUS !
COMPRIS, LA VIEILLE ?
J'AIMERAIS BIEN RESTER UN PETIT PEU…
C'EST TROP BÊTE. IL EST LÀ, DEVANT MES YEUX…
…ET JE NE SAIS PAS QUAND JE POURRAI LE REVOIR.

SORTEZ D'ICI IMMÉDIA-TEMENT !
DEMAIN…
…RIN SUZUKI…
…DOIT FAIRE UNE SÉANCE PHOTOS À ODAIBA !

AH...
KYO
FOUTEZ-MOI LE CAMP !
QU'EST-CE QUE TU AS ÉTÉ LUI DIRE ?
ET PUIS. POURQUOI T'AS COURU VERS LUI, COMME ÇA ?
......
JE NE SAIS PAS ...
JE NE SAIS VRAIMENT PAS CE QUI M'A PRIS.
J'AI FAIT ÇA SANS RÉFLÉCHIR.
QUI C'EST, CETTE FILLE ?
RIEN...
QU'EST-CE QU'ELLE T'A DIT ?
RIEN DE SPÉCIAL.

C'EST VRAI, JE NE SAIS PAS CE QUI M'A PRIS.
POURQUOI AI-JE ÉTÉ LUI DIRE QUE JE FAISAIS UNE SÉANCE PHOTOS ?
RIN !
DIS, TU VAS PAS PASSER TA MATINÉE À METTRE TES COUSSINETS, QUAND MÊME !
J'ÉTAIS PASSÉE EN MODE "JEUNE FILLE ROMANTIQUE PERDUE DANS SES PENSÉES", ET LUI, IL VIENT TOUT GÂCHER !
GRR

ALORS ?
ILS SONT ASSEZ GROS ?
……
JE NE RESSENS RIEN... RIEN DU TOUT.
HEIN ?
OUI, D'AILLEURS, MÊME QUAND JE TE VOIS EN MAILLOT DE BAIN...
...ÇA NE ME FAIT ABSOLUMENT RIEN.
CE QU'IL PEUT ÊTRE DÉSAGRÉABLE –
AH BAH ÇA FAIT PLAISIR ...
MON PÈRE RACONTE VRAIMENT N'IMPORTE QUOI.
LE PATRON ? QU'EST-CE QU'IL T'A DIT ?
ÇA TE REGARDE PAS.

AU FAIT, ÇA S'EST BIEN PASSÉ, HIER ?
OUAIS !
PAS MAL. ENFIN, JE CROIS.
ET J'AI MÊME VU KYO.
SETSU, TU VEUX QUE JE TE DISE ?
TU ES JALOUX, C'EST TOUT.
C'EST PARTI !
OUAIS ! LA MER !

QU'EST-CE QU'IL FAIT FROID, CE MATIN...
ELLE A VRAIMENT LA PÊCHE.
C'EST UNE FILLE DE LA CAMPAGNE.
C'EST GLACÉ, J'AI DU MAL À SOURIRE ...
ÇA ALORS ...
C'EST PAS POSSIBLE !

REGARDEZ, LES GENS ONT REMARQUÉ QU'ON FAISAIT UNE SÉANCE PHOTO.
CELUI-LÀ, IL NOUS REGARDE DEPUIS CE MATIN.
C'EST PEUT-ÊTRE UN FAN DE RIN.
OU ALORS SON PETIT AMI.
QU'EST-CE QU'IL FAIT LÀ, LUI ?

RIN ?
EXCUSEZ-MOI, VOUS N'AURIEZ PAS VU RIN ?
SI
ELLE EST PARTIE EN COURANT PAR LÀ.
NON !!
NON

KYO
KYO ! OUI, C'EST BIEN LUI.
IL EST VENU...
ぺこっ
IL EST VENU POUR ME VOIR.

C'EST TA SŒUR, LA FILLE EN SURVÊT'.
… QUI M'A DIT QUE TU SERAIS LÀ AUJOURD'HUI.
MA SŒUR ?
AH OUI…
IL PENSE QUE L'AUTRE RIN…
… EST MA PETITE SŒUR.
C'EST VRAI…
TU N'AVAIS PAS FROID, ICI ?
NON
IL N'EST PAS VENU POUR ME VOIR. "MOI".
MAIS TOI, TU DOIS AVOIR FROID, HABILLÉE COMME ÇA.
MOI ? NON, ÇA VA…
JE…

QU'EST-CE QUE J'AI ?
OUH LÀ...
ドキドキ
POURQUOI MON CŒUR BAT-IL SI FORT ?
TA SÉANCE EST TERMINÉE ?
TOUT À L'HEURE, QUAND JE PARLAIS AVEC SETSU, J'ÉTAIS À PEU PRÈS À LA MÊME DISTANCE DE LUI... MAIS ÇA NE ME FAISAIT AUCUN EFFET.
OU... OUI, C'EST TE... TERMINÉ.
J'AI LA VOIX QUI TREMBLE...
TU VAS FAIRE QUOI, MAINTENANT ?
NE T'APPROCHE PAS...
JE VAIS RENTRER.
IL FAUT QUE JE ME DÉMAQUILLE.
ET PUIS FAUT QUE JE RÉVISE POUR MON CONTRÔLE DE DEMAIN, PARCE QUE JE SUIS VRAIMENT NULLE.
JE VOIS.
TU ES AU LYCÉE, C'EST ÇA ?
NON...
EN FAIT...

TU BAISSES TOUJOURS LA TÊTE...
MONTRE-MOI UN PEU TON VISAGE.
SI TU VEUX, JE PEUX T'AIDER À RÉVISER.
OÙ ÇA ?
TU VIENS ?
COMPLEX – 11 / FIN

LEUR FILS AÎNÉ A ÉTÉ REÇU PREMIER À L'EXAMEN D'ENTRÉE AU LYCÉE.
ET C'EST UN ÉTABLISSEMENT TRÈS PRESTIGIEUX.
REGARDEZ COMME ELLE EST FIÈRE DE SON FILS.
SON FILS EST BEAU, INTELLIGENT, ET SURTOUT, IL LUI RESSEMBLE.
LA FAMILLE YUKIEDA PEUT ÊTRE TRANQUILLE. ELLE A LÀ UN MAGNIFIQUE HÉRITIER.
MAIS...
PSST PSST
DE VOUS À MOI, SON DEUXIÈME FILS...
PSST PSST
...NE RESSEMBLE PAS DU TOUT À SON GRAND FRÈRE.

complex
—12—

JE ME DEMANDE...
... SI J'AI BIEN FAIT DE LE SUIVRE ?

MA MAIN -
IL M'A PRIS LA MAIN !!
CE GARÇON...
... C'EST KYO YUKIEDA, LE CÉLÈBRE MODÈLE...
LE GARÇON QUI FAIT BATTRE MON CŒUR...
SI TU VEUX, JE PEUX T'AIDER À RÉVISER.
TU VIENS ?
OÙ M'EM-MÈNE-T-IL ?

BONJOUR.
AVEZ-VOUS DES BAGAGES ?
ENTREZ, JE VOUS EN PRIE.
SOYEZ LE BIENVENU, MONSIEUR KYO.
!?
JE VOUS ACCOMPAGNE JUSQU'À VOTRE CHAMBRE ?
NON MERCI.
DONNEZ-MOI LA CLÉ.

OÙ SOMMES-NOUS ?
CHEZ MOI.
CET HÔTEL APPARTIENT À MON PÈRE.
UNE DES CHAMBRES M'EST RÉSERVÉE.
AH, BON.
IL A UNE CHAMBRE À LUI DANS UN HÔTEL ?
C'EST VRAI QUE SA FAMILLE EST TRÈS RICHE.
UN HÔ-TEL ?!

ALLONS, ALLONS -
IL A DIT QU'IL ALLAIT M'AIDER À RÉVISER.
ON VA TRAVAILLER !!
OUI, C'EST ÇA, TRAVAILLER !!
TRAVAILL- OUPS !
TU ES AU LYCÉE, N'EST-CE PAS ?
JE SUIS AU COLLÈGE, MOI !!
MISÈRE !!
SI ON TRAVAILLE ENSEMBLE, JE VAIS RIEN CAPTER !
カチャ
JE T'EN PRIE.

RIN !
SALUT !
ÇA VA, SETSU ?
TORA !
QU'EST-CE QUI T'ARRIVE ? TU AS L'AIR FURIEUX.
ET RIN, OÙ EST-ELLE ?
EST-CE QUE TU SAIS SI RIN EST RENTRÉE ?
ELLE N'ÉTAIT PAS AVEC TOI ?

DIS DONC, TOI, TU PASSES TA VIE À L'AGENCE, OU QUOI ?
LA PORTE ÉTAIT OUVERTE ALORS JE SUIS RENTRÉ.
ET PUIS COMME ÇA, J'ASSURE LA PERMA-NENCE.
QU'EST-CE QUE TU T'ES FAIT À LA MAIN ?
J'AI CASSÉ UN APPAREIL.
HEIN ?
JE VAIS DEVOIR RESSORTIR.
EXCUSE-MOI, MAIS TU PEUX CONTINUER À ASSURER LA PERMANENCE ?
QUAND RIN RENTRERA, DIS-LUI DE M'APPELER SUR MON PORTABLE.
IL LUI EST ARRIVÉ QUELQUE CHOSE ?
QU'EST-CE QUE C'EST QUE TOUS CES SACS ?
BAH C'EST SIMPLE.
MOI AUSSI, JE SUIS UN ARTISTE.
HEIN?
OUI, CÉLÈBRE.
JE TE RAPPELLE QUE J'AI POSÉ POUR UN MAGA-ZINE AVEC RIN.
À PRÉSENT, JE SUIS CONNU. ET BIENTÔT, JE N'AURAI MÊME PLUS UNE MINUTE À MOI.
C'EST TER-RIBLE.

VOILÀ POURQUOI J'AI DÉCIDÉ ...
...de venir habiter ici avec Rin !
JE VAIS VIVRE AVEC VOUS !
TU RENTRES CHEZ TOI !
EUH –
J'Y COMPRENDS RIEN...
高校数学 II
ON VA COMMENCER AVEC LES CAHIERS D'EXERCICES NIVEAU 2
Cahiers d'exercices
OK
QU'EST-CE QUE TU NE COMPRENDS PAS ?
J'AI JAMAIS ÉTUDIÉ CES TRUCS-LÀ.

HEIN ?
Calcul différentiel ? Intégration ? Les fonctions ?
le calcul vectoriel ?
MATHÉMATIQUES NIVEAU 2
CE QUE JE COMPRENDS PAS ?
EUH...
JE
TOUT.
BOU HOU HOU ...
IL VA CROIRE QUE JE SUIS NULLE ...
....
C'est du niveau collège.
METS CETTE ÉQUATION EN FACTEUR : $(X^2 -9)$
Argl !
Paralysée
Cling
facile : $(x+3)(x-3)$
JE VOIS. IL FAUT REVOIR LA BASE.
hé hé
IL DOIT PENSER QUE JE SUIS STUPIDE.
ON VA TOUT REPRENDRE DEPUIS LE DÉBUT.
Commençons par les factorisations.
C'est vrai, d'ailleurs.
THÉMATIQUES NIVEAU 2

QU'EST-CE QU'IL EST BEAU.. SON VISAGE..
... EST ABSOLUMENT PARFAIT.
IL EST VRAIMENT FAIT POUR ÊTRE MODÈLE.
QUELLE CHANCE D'AVOIR RENCONTRÉ UN GARÇON COMME LUI...
... QUI SOIT AUSSI GENTIL AVEC MOI.
NON..
CE N'EST PAS POUR "MOI" QU'IL FAIT ÇA.
FAISONS UNE PETITE PAUSE.

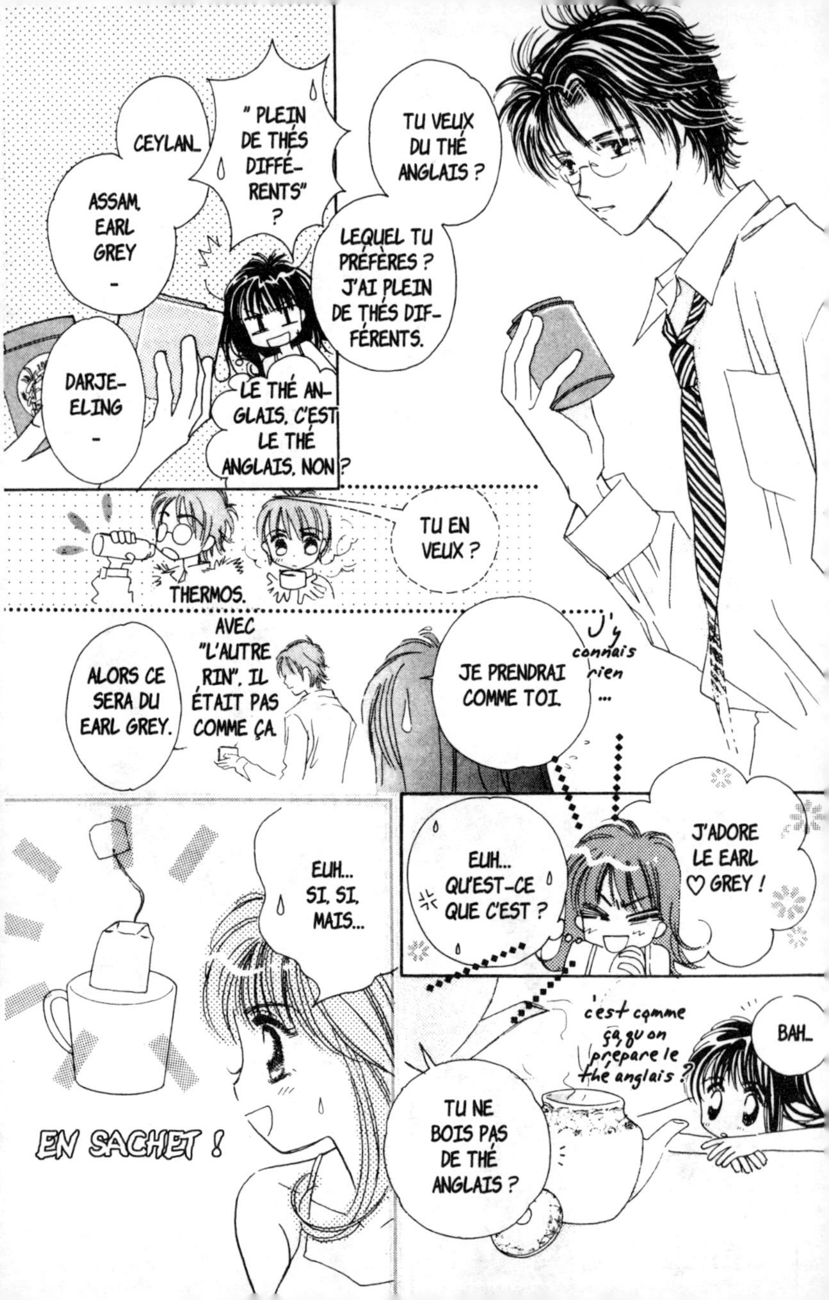
TU VEUX DU THÉ ANGLAIS ?
LEQUEL TU PRÉFÈRES ? J'AI PLEIN DE THÉS DIFFÉRENTS.
" PLEIN DE THÉS DIFFÉRENTS" ?
CEYLAN...
ASSAM. EARL GREY -
DARJEELING -
LE THÉ ANGLAIS, C'EST LE THÉ ANGLAIS, NON ?
TU EN VEUX ?
THERMOS.
J'y connais rien ...
JE PRENDRAI COMME TOI.
AVEC "L'AUTRE RIN", IL ÉTAIT PAS COMME ÇA.
ALORS CE SERA DU EARL GREY.
J'ADORE LE EARL ♡ GREY !
EUH... QU'EST-CE QUE C'EST ?
BAH...
c'est comme ça qu'on prépare le thé anglais ?
TU NE BOIS PAS DE THÉ ANGLAIS ?
EUH... SI, SI, MAIS...
EN SACHET !

ÇA SENT DRÔLEMENT BON.
CETTE TASSE EST RAVIS-SANTE. ELLE DOIT COÛTER HYPER CHER.
Et, ça, c'est quoi ?
IL EST SI GENTIL ...
CELLE QUI N'A DE LA POITRINE -
IL N'EST PAS COMME ÇA AVEC LA VRAIE...
...AVEC CETTE RIN-LÀ.

J'Y CROIS PAS !
C'EST MON VENTRE !!
ZUT -
COMME ON FAISAIT UNE SÉANCE EN MAILLOT, JE N'AI RIEN BOUFF... EUH, RIEN "MANGÉ" DEPUIS HIER SOIR !
BAH OUI, PARCE QUE QUAND JE MANGE, J'AI LE VENTRE QUI RESSORT.
AH BON ?
DÉSOLÉ, JE NE T'AI MÊME PAS DEMANDÉ SI TU AVAIS FAIM.
QU'EST-CE QUE TU VEUX MANGER ?
TU VEUX QU'ON AILLE AU RESTAU-RANT ?
ET TU ATTENDS DEHORS ?
TU VEUX PAS RENTRER T'ASSEOIR À L'INTÉRIEUR ?
NON, ÇA COÛTE CHER.

NON. JE NE VEUX PAS SORTIR.
BON, ALORS JE VAIS APPELER LE SERVICE D'ÉTAGE.
DÉSOLÉE.
POUVEZ-VOUS NOUS MONTER À MANGER.
OUI, D'ACCORD, J'ARRIVE TOUT DE SUITE.
QUAND MÊME -
ILS VONT APPORTER TON REPAS. PAR CONTRE, JE DOIS M'ABSENTER UN INSTANT.
D'ACCORD.
...SON ATTITUDE EST VRAIMENT DIFFÉRENTE.
POF
EN FAIT, QU'EST-CE QUE J'AI POUR MOI ?
J'AI UNE TONNE DE MAQUILLAGE, J'AI MIS DES FAUX SEINS -
QUANT À MES CHEVEUX -
ÇA ME GRATTE !!
C'EST CETTE SALETÉ DE PERRU-QUE !!

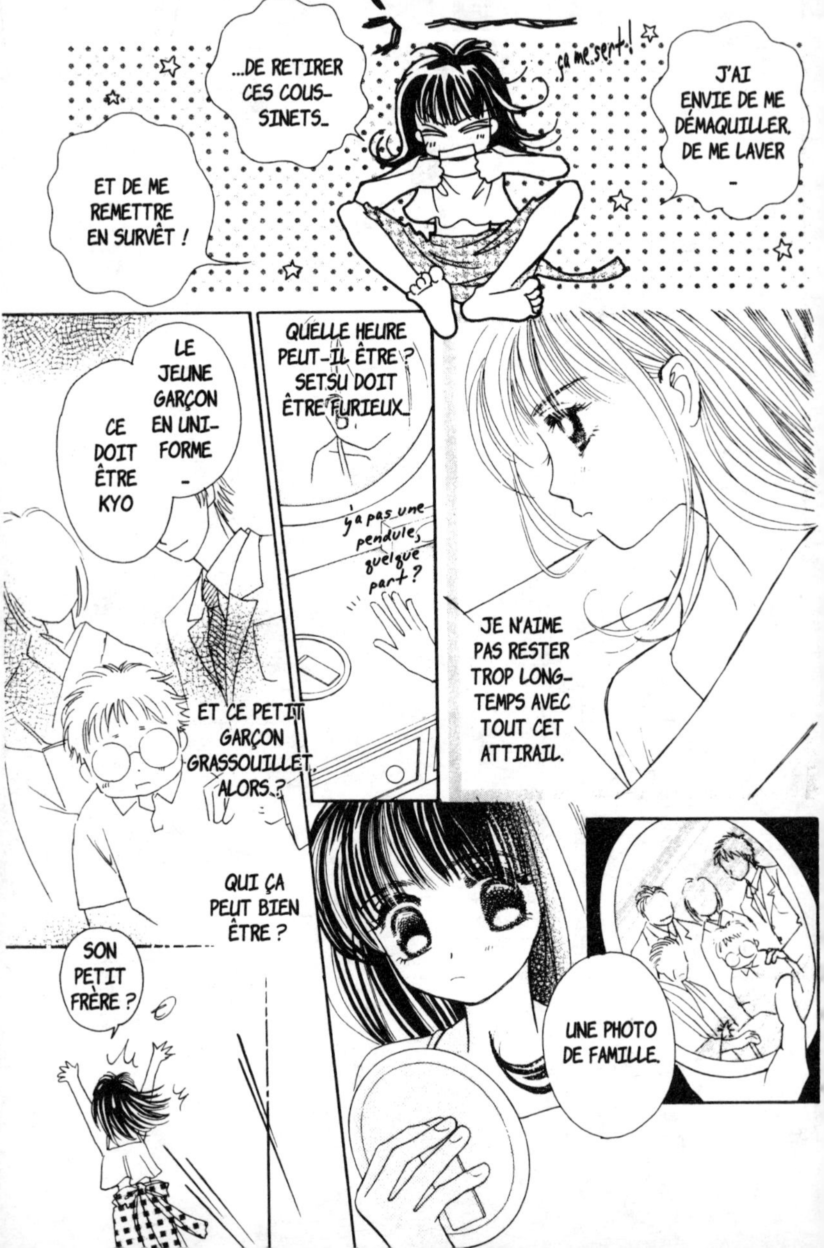

J'AI ENVIE DE ME DÉMAQUILLER, DE ME LAVER –
ça me sert !
...DE RETIRER CES COUS-SINETS...
ET DE ME REMETTRE EN SURVÊT !
JE N'AIME PAS RESTER TROP LONG-TEMPS AVEC TOUT CET ATTIRAIL.
QUELLE HEURE PEUT-IL ÊTRE ? SETSU DOIT ÊTRE FURIEUX...
y a pas une pendule, quelque part ?
LE JEUNE GARÇON EN UNI-FORME –
CE DOIT ÊTRE KYO
ET CE PETIT GARÇON GRASSOUILLET, ALORS ?
UNE PHOTO DE FAMILLE.
QUI ÇA PEUT BIEN ÊTRE ?
SON PETIT FRÈRE ?

DÉSOLÉ DE VOUS AVOIR FAIT ATTENDRE.
MERCI BEAUCOUP.
TIENS… C'EST LE TYPE DE LA RÉCEPTION.
SOYEZ LE BIENVENU, MONSIEUR KYO.
IL LUI SUFFIT D'UN COUP DE TÉLÉPHONE POUR SE FAIRE MONTER À MANGER.
MONSIEUR KYO…
CETTE CHAMBRE EST MAGNIFIQUE.
PAR LA FENÊTRE, ON A UNE VUE MAGNIFIQUE SUR TOKYO.
NON SEULEMENT IL CONNAÎT TOUTES SORTES DE THÉS MAIS EN PLUS, IL SAIT LES PRÉPARER... SANS UTILISER DE SACHET...
IL A TOUT.
IL VIENT D'UN MONDE SI DIFFÉRENT DU MIEN.
EXCUSEZ-MOI, MAIS QUEL ÂGE AVEZ-VOUS, MADEMOISELLE ?

HEIN ?
QUATOR...
EUH... DIX-SEPT ANS.
« made-moisel-le » !?
VOUS SEMBLEZ BEAUCOUP PLUS JEUNE.
ET VOUS ÊTES VRAIMENT DIFFÉRENTE ...
... DES AUTRES JEUNES FILLES QUE KYO A L'HABITUDE DE RAMENER ICI.
NE DITES PAS N'IMPORTE QUOI.
VEUILLEZ M'EXCUSER.
MAIS JE VAIS DEVOIR RAPPORTER TOUT CECI À VOTRE PÈRE.
CELA FAIT PARTIE DE MON TRAVAIL.
DES AUTRES JEUNES FILLES QUE KYO A L'HABITUDE DE RAMENER ICI.

ON N'EST PAS DU MÊME MONDE... JE N'AURAIS PAS DÛ VENIR.
JE SUIS VRAIMENT NAÏVE... IL EST "GENTIL" AVEC TOUTES LES JOLIES FILLES QU'IL RENCONTRE.
ET PUIS...
BON, JE VAIS RENTRER.
JE VOIS_
MERCI POUR LES EXPLICATIONS SUR LES ÉQUATIONS.
ATTENDS !
IL T'A RACONTÉ N'IMPORTE QUOI !
AÏE !!
LÂCHE-MOI !
Hein ?
JE TE PRÉVIENS, JE SUIS CEINTURE NOIRE !
C'est vrai, en plus !

AH...
LE CADRE...
JE SUIS DÉSOLÉE
-
CE PETIT GARÇON GRASSOUILLET...
... EH BIEN, C'EST MOI.
QUOI ?
C'EST DIFFICILE À CROIRE, HEIN ?

C'EST LA PREMIÈRE FOIS...
... QUE J'AMÈNE UNE FILLE ICI.
JE N'AVAIS JAMAIS LAISSÉ PERSONNE ENTRER ICI -
... MAIS TOI, TU ES DIFFÉRENTE.
SI JE T'AI PROPOSÉ DE VENIR ICI...
... C'EST SEULEMENT PARCE QUE JE VOULAIS PARLER AVEC TOI.
TU DOIS ME CROIRE.
C'EST LA SEULE RAISON.

TRAHIE PAR SON PROPRE VENTRE ...
vas-y, régale-toi.
ÇA A L'AIR SUPER BON.
Waaah !

JE N'ARRIVE PAS À Y CROIRE.
MIAM
IL A L'AIR TELLEMENT PARFAIT.
CE PETIT GARÇON, C'EST MOI.
GRAND FRÈRE !
ATTENDS, JE VIENS AVEC TOI !
YUKIEDA, C'EST QUI, LE P'TIT GROS À LUNETTES ?
IL TE SUIT...
LUI ?
EUH... C'EST UN AMI DE MON PETIT FRÈRE...
MÈRE !
ÉCOUTEZ ÇA.
ILS M'ONT DIT QUE C'ÉTAIT MOI QUI JOUAIS LE MIEUX DE TOUTE LA CLASSE.
TULULU
ARRÊTE, NE JOUE PAS DE ÇA ICI.

PÈRE, FIGUREZ-VOUS QU'AUJOURD'HUI...
KYO, TU NOUS CASSES LES OREILLES !
VA DANS TA CHAMBRE.
はむ
はむ
ET TOI, KYO ?
TU NE MANGES PAS ?
C'EST HYPER BON.
ENFIN, JE MANGE QUAND MÊME DE TEMPS EN TEMPS, MAIS_
JE NE PEUX PAS MANGER.
... JE N'AI PAS D'APPÉTIT.
ET JE N'ÉPROUVE AUCUN PLAISIR À MANGER.
AH BON ?

ÇA A COMMENCÉ AU COLLÈGE.
À CAUSE DU STRESS -
JE NE POUVAIS PLUS RIEN MANGER. JE VOMISSAIS TOUT CE QUE J'AVALAIS.
VOTRE FRÈRE ÉTAIT UN DES ÉLÈVES LES PLUS BRILLANTS DE MON ÉCOLE.
COMMENT SE FAIT-IL QUE VOUS AYEZ DES RÉSULTATS AUSSI MÉDIOCRES.
RIEN NE M'INTÉRESSAIT.
JE TRAVAILLAIS PARCE QU'ON ME DISAIT DE LE FAIRE.
MA VIE SE RÉSUMAIT À ALLER À L'ÉCOLE ET À EN REVENIR.
EH, TOI -
TU ES GRAND ET MINCE...
QUOI ? TU VEUX DEVENIR MODÈLE ?
TU ES UN HÉRITIER DE LA FAMILLE YUKIEDA. NE L'OUBLIE PAS.
QU'EST-CE QUE TU RACONTES, MON GARÇON ?
MÈRE, ATTENDEZ. CE N'EST PAS UNE SI MAUVAISE IDÉE.

À NOTRE ÉPOQUE, MÊME LE FILS DU PRÉSIDENT PASSE À LA TÉLÉ.
CE SERA UN EXCELLENT MOYEN DE DÉCOUVRIR LE MONDE DU TRAVAIL. ET PUIS, ÇA NE DURERA QU'UN TEMPS.
IL EN RETIRERA CERTAINEMENT BEAUCOUP D'EXPÉRIENCE.
JE SUIS SÛR QU'UN JOUR, IL ME REJOINDRA À LA TÊTE DU GROUPE. IL FERA UN EXCELLENT BRAS DROIT.
SALE HYPOCRITE.
T'EN AS AUCUNE ENVIE, OUI.
TU AS TOUJOURS TOUT POSSÉDÉ ET MOI, RIEN.
C'ÉTAIT LA PREMIÈRE FOIS QUE JE M'INTÉRESSAIS À QUELQUE CHOSE.
ON S'INTÉRESSAIT À MOI.
J'AVAIS L'IMPRESSION DE REVIVRE ET J'AI PERSÉVÉRÉ...
... POUR DEVENIR TOUJOURS PLUS BEAU, TOUJOURS PLUS ÉLÉGANT.
JE NE VEUX PAS REVIVRE CE QUE J'AI VÉCU.
DEPUIS QUE JE SUIS MODÈLE, JE N'ARRIVE PLUS À MANGER.

SI JE REPRENDS DU POIDS
_ JE RISQUE DE REVIVRE CET ENFER.
PARFOIS_
_ J'AI L'IMPRESSION DE NE PLUS ÊTRE MOI-MÊME.
ÇA ALORS_
ET MOI QUI PENSAIS QU'IL AVAIT TOUT.
MAIS EN FAIT, IL EST COMME MOI.

ALORS. TU VEUX BIEN ?
EUH... OUI.
HEIN ?
D'AC-CORD!
ALORS JE TE PRÉPARERAI À MANGER !
TU SAIS FAIRE À MANGER ?
ÉVIDEMMENT ! JE CUISINE TOUS LES JOURS.
C'EST QUOI, TA SPÉ-CIALITÉ ?
LE NABÉ !
y'a plein de légumes ! C'EST SUPER BON POUR LA SANTÉ.
ET PUIS
LE NABÉ AUX BOULET-TES DE SARDINES ...
LE KIMCHI NABÉ -
LE NABÉ AU SAUMON.
LE NABÉ AU MISO ...
......
TU SAIS FAIRE QUE ÇA OU QUOI ?
OUPS
En fait il avait raison...
OH.

C'EST ABSOLUMENT MAGNIFIQUE !
C'EST QUOI, CE GRAND TRUC ROUGE, LÀ-BAS ? LA TOUR DE TOKYO ?
QU'EST-CE QU'ELLE EST BELLE...
SETSU M'A DIT QU'UNE FOIS, ELLE A ÉTÉ ILLUMINÉE TOUT EN BLEU.
AU FAIT, ET SETSU...
OUI, POUR LA COUPE DU MONDE.
IL DOIT ÊTRE FURIEUX.
J'AIMERAIS BIEN MONTER TOUT EN HAUT.
TU N'Y ES JAMAIS MONTÉE ?
HEIN ?
MAIS IL FAUT ÊTRE UN ALPINISTE POUR POUVOIR L'ESCALADER !
UN ALPINISTE ?
......

ON Y ACCÈDE PAR DES ASCENSEURS.
IL Y A MÊME UNE SALLE PANORAMIQUE.
BAH OUI !!
SEUL UN ALPINISTE PEUT MONTER SUR LA TOUR DE TOKYO. OU ALORS SPIDERMAN !
IL VA ME PRENDRE POUR UNE PAUVRE PROVINCIALE.
SETSU S'EST MOQUÉ DE MOI...
MOI NON PLUS. JE N'Y SUIS JAMAIS MONTÉ.
C'EST VRAI ?
NNN —
ATTENDS —

QU'EST-CE QU'IL FAIT ?
RIN -
MAIS OUI !
C'EST ÇA...
JE ME SOUVIENS DES COURS DE BIOLOGIE.
PENDANT L'ADOLESCENCE, LE CORPS CHANGE.
GLANDES SEXUELLES
TESTICULES
OVAIRES
HYPOPHYSE
HORMONE
VOILÀ LE CORPS D'UNE FILLE.
VOILÀ LE CORPS D'UN GARÇON.
C'EST CE QU'ON APPELLE LA PUBERTÉ.
ÇA COMMENCE MAL...
JE SUIS ENCORE UNE ENFANT.
AH NON, PAS LÀ !
JE VAIS DEVOIR LUI FAIRE UNE PRISE DE JUDO.
J'AI MIS 3 ÉPAISSEURS DE COUSSINETS.

RIN !!
QU'EST-CE QUE TU FAIS LÀ ?
JE T'AI CHERCHÉE PARTOUT !
SETSU ?
TU AS GARDÉ LES VÊTEMENTS QU'ON AVAIT LOUÉS POUR LA SÉANCE PHOTO !
COMME TU NE REVENAIS PAS, J'AI DÛ LES ACHETER.
POUR LA PEINE, TU N'AURAS PAS UN SOU !!
JE DOIS RENTRER.
D'ACCORD.

JE TE PRÉPARERAI UN NABÉ.
IL FAUT QUE TU MANGES.
SETSU !

TU N'AS PAS HONTE ?
OUH LA, ÇA VA BARDER !
QU'EST-CE QUE TU T'ES FAIT ?

ZIIP
SETSU ?..
QU'EST-CE QUE TU AS ?
TU ES BRÛLANT DE FIÈVRE !

OUI, C'EST DE TA FAUTE.
je t'ai cherchée à aqua-city et j'ai même payé une entrée pour la sphère de fuji tv.
QU'EST-CE QUE T'ES LOURD !
ATTENDS, OÙ TU VAS, COMME ÇA ?
Ziip
ATTENDS, TU VEUX QU'ON RENTRE JUSQU'À OMOTESANDO À PIED ?
TU VEUX ME TUER, OU QUOI ?
APPELLE UN TAXI !
T'ES SÛR ? MAIS ÇA VA COÛTER CHER.
OUI, JE SUIS SÛR !
ATTENDS !
UNE CHAUSSURE ?
AÏE !?
METS TES CHAUS-SURES.
SINON, TU VAS TE FAIRE MAL AUX PIEDS.
O.K.

DIS-MOI.
QU'EST-CE QUE VOUS FAISIEZ TOUS LES DEUX DANS CETTE CHAMBRE ?
TAXI
EUH
IL M'A EXPLIQUÉ LES FACTORISATIONS.
LES FACTORISATIONS ?!
MMM... JE ME SENS MAL, TOUT D'UN COUP...
JE CROIS QUE JE VAIS VOMIR.
MONSIEUR, S'IL VOUS PLAÎT.
COMPLEX - 12 / FIN

complex
13

la suite dans : petite étude sur les séances photo -2-

Petite étude sur les séances photo -1-

J'ai demandé à la rédaction du magazine champion de me laisser assister à quelques-unes de ses séances photo. En ce moment, les séances en maillot ont le plus souvent lieu à l'étranger (Saipan, Guam, Hawaii…). J'ai donc assisté aux rares séances qui avaient lieu en studio, ici, à Tokyo. Et figurez-vous que l'autre jour (le 2 septembre), c'est Miku Ishida (14 ans) elle-même qui a répondu à mes questions.

← Elle est super jolie !

TU VAS TOMBER MALADE SI TU RESTES DANS CETTE PORCHERIE.
SI J'AI DE LA FIÈVRE
C'EST TA FAUTE !!
DÉSOLÉE…
SI TU N'ÉTAIS PAS PARTI À MA RECHERCHE,
TU NE SERAIS PAS TOMBÉ MALADE.
BAH OUI, J'AI FOUILLÉ TOUT ODAIBA !
QU'EST-CE QUE TU FAISAIS -
… DANS CETTE CHAMBRE AVEC KYO ?
JE LUI AI DIT QUE DEMAIN J'AVAIS UN CONTRÔLE
ET IL M'A AIDÉE À RÉVISER LES FACTORISATIONS.
TU AS PASSÉ UNE DEMI-JOURNÉE À FAIRE DES MATHS…
… DANS UNE CHAMBRE D'HÔTEL ?
NNN

があ
あああ
EUH
OUI !
JE VAIS CHERCHER DE LA GLACE.
LES FACTORISATIONS ?
OUAIS
ALORS COMME ÇA ELLE ÉTAIT AVEC KYO ?
ちら…
JE VOIS …
COMMENT ÇA "JE VOIS" ?
TU CROIS QUE KYO EST TOMBÉ AMOUREUX DE RIN ?

JE CROIS.
MAIS CELLE QU'IL AIME, CE N'EST PAS LA RIN EN SURVÊTEMENT.
C'EST CELLE QUI POSE EN MAILLOT DE BAIN.
IL FAUT DIRE QU'ELLE EST CRAQUANTE.
PARCE QUE JE L'AI SUPERBEMENT MAQUILLÉE ET PRÉPARÉE, ET QUE JE LUI FABRIQUE À CHAQUE FOIS UNE JOLIE POITRINE COMME JE SAIS SI BIEN LE FAIRE.
JE PARLAIS DE SA PERSONNALITÉ.
C'EST UNE GENTILLE FILLE ET SURTOUT, ELLE A UN BON ESPRIT.
TU NE TROUVES PAS ?
MOUAIS...
TOUJOURS EST-IL QUE MIYU NOUS L'A CONFIÉE ET QU'ELLE EST SOUS NOTRE RESPONSABILITÉ.
J'ESPÈRE QU'IL NE LUI A PAS APPRIS AUTRE CHOSE QUE LES FACTORISATIONS.
IL A DE CES EXPRESSIONS...
SETSU, C'EST À TOI DE LA PROTÉGER.
POURQUOI MOI ?
TU ES SON MANAGER, NON ?

x²+(a+b)x+ab=(x+a)(x+b)
x² a²=(x+a)(x-a)
x²+2ax+a²=(x+a)²
2ax+a²=(x-a)²
J'AI DIT LA VÉRITÉ. IL M'A BIEN EXPLIQUÉ LES FACTORISA-TIONS_
J'AI RE-TENU TOUTES LES FORMU-LES.
QUELLE JOLIE VUE.
MMM ...

MAIS TOUT À COUP…
IL M'A SERRÉE DANS SES BRAS.
AUCUN GARÇON NE M'AVAIT FAIT ÇA AVANT LUI.
ENFIN, À PART TORA QUI ME SAUTE DESSUS SANS ARRÊT…
C'EST LA PREMIÈRE FOIS.
MAIS LÀ, ÇA N'AVAIT RIEN À VOIR !!
J'AI LE CŒUR QUI BAT… LA TÊTE ME TOURNE…
LES BRAS DE KYO ÉTAIENT SI FINS…
ON AURAIT DIT QU'ILS ALLAIENT SE CASSER, ET POURTANT…

IL M'A SERRÉE AVEC TANT DE FORCE !
!!!
KYO...
JE NE POUVAIS RIEN FAIRE.
IL AVAIT L'AIR SI MAÎTRE DE LUI.
COMMENT A-T-IL PU -
...ME FAIRE UNE CHOSE PAREILLE ?
ET EN PLUS...
Arg
IL M'A TOUCHÉ LA POITRINE !
IL Y AVAIT 3 COUCHES DE COUSSINETS. MAIS BON, ÇA L'EXCUSE PAS POUR AUTANT...

Nn
Setsu..
S'IL N'ÉTAIT PAS VENU ME CHERCHER...
QUI SAIT CE QUI AURAIT PU SE PASSER ?
Je ne veux même pas y penser, je ne suis encore qu'une enfant, après tout.
EN PLUS...
......
...IL NE SAIT MÊME PAS QUE C'ÉTAIT MOI.
CE N'EST PAS MOI QUI FAIS BATTRE SON CŒUR.
C'EST L'AUTRE "RIN SUZUKI".
C'EST ELLE QU'IL AIME.
IL M'A OUVERT SON CŒUR.

TOI, TU ES DIFFÉ-RENTE.
RIN !
COM-MENT...
ÇA...
VA !
TORA...
DÉSOLÉ, DÉSOLÉ ...

ALORS, OÙ EST-CE QUE TU ÉTAIS, HIER ?
HEIN ?
SETSU T'A CHERCHÉE PARTOUT.
QUOI, T'ÉTAIS AVEC KYO ?
CHUUT !
VOUS AVEZ RÉVISÉ LES FACTORISATIONS
DANS UN HÔTEL QUI DONNE SUR LE RAINBOW BRIDGE ?
QU'EST-CE QUE C'EST QUE CETTE HISTOIRE ?
ET PUIS D'ABORD, POURQUOI TU L'AS SUIVI ?
IL A DIT QU'IL ALLAIT M'AIDER À RÉVISER.
ATTENDS, MAIS C'ÉTAIT UN PRÉTEXTE POUR TE FAIRE MONTER DANS SA CHAMBRE !
UN QUOI ?
ATTENDS, RIN.
…T'AS QUAND MÊME PAS COUCHÉ AVEC LUI !!

* TITRE ET PRÉNOM DE L'HÉROÏNE D'UN MANGA TRÈS CONNU AU JAPON QUI RACONTE L'HISTOIRE D'UNE JEUNE PRATIQUANTE DE JUDO.

ZUT !
MAIS OUI, LA SÉANCE PHOTO !
LA SÉANCE POUR LE MAGAZINE DE MODE ! TU PARLES DE MON JOB DE MODÈLE POUR CE MAGAZINE, C'EST ÇA ?
?
TORA ÉTAIT AVEC TOI ?
TOUT À FAIT !
QUELLE IDIOTE…
J'AI CONFONDU LES DEUX.
J'AVAIS COMPLÈTEMENT OUBLIÉ. APRÈS CE QUI S'EST PASSÉ, JE NE PENSAIS PLUS QU'À KYO.
ILS T'ONT DIT QUAND SORTIRA LE MAGAZINE ?
QUAND LES FILLES VERRONT ÇA, ELLES SERONT BIEN OBLIGÉES D'ADMETTRE QU'ELLES ONT PERDU LEUR PARI.
S'ils veulent pas de toi comme modèle…
tu devras venir au collège en survêtement
J'ESPÈRE… PARCE QUE JUSTEMENT, J'AI POSÉ EN SURVÊT'.
MAIS ELLE A RAISON, IL Y A AUSSI CETTE HISTOIRE DE PARI.
C'EST COOL.
TU VAS POUVOIR À NOUVEAU PORTER TON UNIFORME.
ENCORE QUE L'UNIFORME DE GARÇON TE VA BEAUCOUP MIEUX.
HEIN ?
SALUT !
À MON AVIS, ÇA VA PAS ÊTRE DE LA TARTE POUR QU'ELLES ACCEPTENT DE RECONNAÎTRE LEUR DÉFAITE.
Elles pourraient quand même dire bonjour.

JE SUIS RENTRÉE !
SETSU, TU VAS BIEN ?
NNN...
TA FIÈVRE A BAISSÉ ?
NON, AP-PAREMMENT PAS.
IL M'A DIT QU'IL AVAIT CASSÉ UN APPAREIL.
MAIS JE CROIS PLUTÔT QU'IL A PANIQUÉ PARCE QUE TU AVAIS DISPARU.
IL T'A CHERCHÉE PARTOUT COMME UN FOU.
ET EN PLUS, IL S'EST BLESSÉ À LA MAIN.
SA MAIN -

PARDONNE-MOI.
NNN -
IL EST BRÛLANT_
MAIS OUI ! J'AI CE QUI LUI FAUT !
ゴン ゴン ゴン
UN COUSSIN À GLACE ? JE SAVAIS PAS QU'ON AVAIT UN VIEUX TRUC COMME ÇA ICI.
C'EST À MOI.
JE L'AI AMENÉ AVEC MOI QUAND JE SUIS VENUE À TOKYO.
N'EST-CE PAS ? C'EST UN "COUSSIN À GLACE".
ÇA FAIT DU BIEN -

TU AVAIS EMPORTÉ ÇA AVEC TOI ?
TU TE LÈVES DÉJÀ ? TU VEUX PAS DORMIR ENCORE UN PETIT PEU ?
FAUT QUE J'AILLE AUX TOILETTES.
JE VAIS AVOIR BESOIN DE TON ÉPAULE.
BON, BAH D'ACCORD.
IL EST LOURD –
!!
HEIN ?
AAAH !
AÏE !

AÏE !
MAIS ENFIN, RIN, QU'EST-CE QUI T'A PRIS ?
TU M'ÉCRASES, POUSSE-TOI !
Pif
AÏE !
ARRÊTE, CALME-TOI !
!!
Pif
POURQUOI EST-CE QUE TU RÉAGIS COMME ÇA ?
T'ES TOUTE ROUGE, DIS DONC !
JE T'AI REFILÉ MA FIÈVRE ?
TU AS DE LA FIÈVRE ?

DÉSOLÉE, SETSU !
MAIS QU'EST-CE QUI LUI ARRIVE ?
JE SUIS MALADE, MOI
ELLE M'A MIS UN COUP DE PIED DANS LE VENTRE.
C'EST PARTI TOUT SEUL.
TOUT D'UN COUP, JE ME SUIS SOU-VENUE -

RIN...
...DE LA CHALEUR DE SON CORPS.
BRRR...
QUAND JE PENSE À KYO...
...J'AI LE CŒUR QUI BAT, ÇA C'EST NORMAL.
MAIS LÀ, JE SUIS TOUTE ROUGE ET MON CŒUR BAT LA CHAMADE...
ALORS QUE JE PENSE À SETSU...
MINUTE...
BOM
BOM
BOM
BOM
HEIN ?
J'AI LE CŒUR QUI BAT ?
QU'EST-CE QUI SE PASSE ?

AH NON, ALORS !!
QU'EST-CE QUI ME PREND ?
BONJOUR.
TU ES DÉJÀ LEVÉ ? TU ES SÛR QUE ÇA VA ?
J'AI FAIM.
AH, ÇA, C'EST BON SIGNE.
EN FAIT, ÇA VA. JE SUIS COMME D'HABITUDE.
TU M'AS PRÉPARÉ QUOI COMME NABÉ ?
Est-ce que je vais pouvoir manger ?
JE T'AI PRÉPARÉ UN ZOSUI.
AH BON ? TU SAIS FAIRE AUTRE CHOSE QUE DES NABÉ ?
PARFAITE-MENT, JE PEUX PRÉPARER DES UDON !
Facile, suffit de les mettre dans une casserole. C'est comme pour le zosui.
AH, AU FAIT, ON A UNE SÉANCE PHOTO CETTE SEMAINE.
SAMEDI
D'ACCORD.

ARGL !
MAIS, T'ES EN CALEÇON !
ET ALORS ?
JE SUIS TOUJOURS COMME ÇA, LE MATIN.
OUI
OUI, MAIS...
SALUT. ALORS, SETSU, TU VAS MIEUX ?
PATRON !
VOUS AVEZ VU ?
MAIS QU'EST-CE QU'ELLE RACONTE ?
IL MANGE MON ZOSUI TOUT NU !
C'EST INCONVENANT, DE MANGER DU ZOSUI TOUT NU !
ON NE SE PROMÈNE PAS COMME ÇA DEVANT UNE JEUNE FILLE, C'EST TOUT !
"INCONVENANT"
POURQUOI JE RÉAGIS COMME ÇA, MOI ?
C'EST PLUTÔT MON PÈRE QUI EST TROP COQUET.

PFFF...
C'EST VRAIMENT PAS PRA-TIQUE.
TU AS ENFILÉ TON MAILLOT ?
VA-T'EN !
NE ME REGARDE PAS !
ET TU AS MIS TES COUSSINETS ?
HEIN
OUAIS. JE LES AI MIS !!
À DROITE. TU LES AS MAL POSÉS.
JE TE DIS QU'ILS SONT MAL POSÉS.
TOURNE-TOI.
NON !
VA-T'EN ! NE ME TOUCHE PAS !

MAIS ENFIN, POURQUOI TU RÉAGIS COMME ÇA ?
ÇA FAIT DÉJÀ UNE SEMAINE QUE ÇA DURE. ÇA COMMENCE À BIEN FAIRE.
JE…
JE PEUX LE FAIRE TOUTE SEULE !
RIN, TU PEUX T'APPROCHER DE LA FENÊTRE, S'IL TE PLAÎT ?
OUI.
RIN…
TU AS VU ?
LA HONTE…

AVANT, ÇA NE ME DÉRANGEAIT PAS DU TOUT.
MAIS MAINTENANT...
...JE NE VEUX PLUS ...
RIN.
RIN ! TA COPIE !
OUI !
85 POINTS !! TU T'ES BIEN DÉBROUILLÉE, CETTE FOIS-CI.
85
SUPER !
C'EST LA PREMIÈRE FOIS QUE J'AI UNE AUSSI BONNE NOTE EN MATHS.
ÇA NE T'INTÉRESSE PAS ?
SI SI !
C'EST GRÂCE À KYO.

Petite étude sur les séances photo ②

Cette fois-ci, je vais vous parler du staff du studio où ont lieu les séances photo.

Avec le responsable des photos de modèle du magazine (parfois il y en a 2) ça faisait un staff de 7 ou 8 personnes. C'est beaucoup moins que ce que j'avais imaginé.
Je vous avoue que dans cette série, j'ai représenté des staffs beaucoup plus conséquents, pour donner plus d'effet... Par contre, on m'a dit que pour les séances photo en plein air, on prenait un peu plus de monde.
Il y a par exemple le chauffeur de la camionnette, les assistantes de la styliste, de la coiffeuse, etc.
Avant d'assister à une vraie séance photo, je m'attendais à trouver une atmosphère masculine un peu glauque... Désolée. Mais en fait, c'est un monde de filles. et tout le monde fait de son mieux pour que les photos soient les plus réussies possibles. Je dois dire qu'après ça, mon regard sur le monde des photos de modèle a changé du tout au tout.

La suite dans le volume 4 (peut-être)

ELLES T'ENVIENT.
ELLES SONT JALOUSES.
VOUS AVEZ VU ?
OUI, ON PEUT ÊTRE MIGNONNE EN SURVÊT' !
!
あ
Model/Suzuki Tora Morisaki
WAAA ! J'SUIS SUPER MIGNON !
Puchi
ALORS ARRÊTEZ DE L'EMBÊTER.
VOUS ME FAITES HONTE.
ET PUIS RECONNAISSEZ QUE VOUS AVEZ PERDU VOTRE PARI.
C'EST VRAI. RIN A FAIT BEAUCOUP D'EFFORTS POUR Y ARRIVER.
Puchi

HÉ, LES FILLES, AU LIEU DE L'ENVIER COMME ÇA...
...VOUS AVEZ QU'À ESSAYER, VOUS AUSSI.
AU SE-COURS !
HÉ, SHIBATA.
DEPUIS QUAND T'ES DU CÔTÉ DE CES NAZES ?
JE NE SUIS DU CÔTÉ DE PERSONNE.
JE TE RAPPELLE QUE QUAND T'ES ARRIVÉE DANS CE COLLÈGE -
ON A ÉTÉ VACHEMENT SYMPAS AVEC TOI.
SYMPAS ?
DÈS QUE J'AI COMMENCÉ À SORTIR AVEC TORA...
VOUS AVEZ PAS ARRÊTÉ DE NOUS EMBÊTER.
HEIN ?

VOUS AVEZ RÉPANDU DES RUMEURS SUR NOUS DEUX...
ET COMME J'ÉTAIS STUPIDE, J'Y AI CRU.
......
SHIBATA, FAIS ATTENTION À CE QUE TU DIS -
...OU TU POURRAIS LE REGRETTER.
QU'EST-CE QUI TE FAIT RIRE ?
BAH VOS RÉPLIQUES !
"TU POURRAIS LE REGRETTER"
HI HI HI HI HI
C'EST TROP FORT !
C'EST LA RÉPLIQUE TYPIQUE DE LA MÉCHANTE.
EUH, DÉSOLÉE, SHIBATA.
JE CROIS QUE JE LES AI ÉNERVÉES POUR DE BON.
C'EST PAS GRAVE.

DIS, TOUT À L'HEURE -
TU AS DIT QUE TU ÉTAIS SORTIE AVEC TORA.
BAH OUI.
ALORS C'EST VRAI ?
VOUS SORTIEZ ENSEMBLE… À… À VOTRE ÂGE ?
ET QU'EST-CE QUE VOUS FAISIEZ ?
VOUS RENTRIEZ TOUS LES DEUX APRÈS LES COURS ET VOUS ALLIEZ ENSEMBLE AU BOWLING, C'EST ÇA ?
…
TU SAIS, JE CROIS QUE TORA EST TOMBÉ AMOUREUX DE TOI.
MAIS NON !
IL DIT ÇA MAIS C'EST POUR LA FRIME. LA SEULE PERSONNE QU'IL AIME, C'EST LUI-MÊME.
TU SAIS…
JE L'AIME TOUJOURS.
AH…
ELLE EST AMOUREUSE DE TORA.
DÉSOLÉE. JE SUIS VRAIMENT NULLE.
JE NE M'EN ÉTAIS MÊME PAS RENDUE COMPTE.
DE TOUTE FAÇON, ON N'EST PLUS ENSEMBLE.
ET PUIS JE NE LUI MONTRE PAS.

ET TOI, RIN, TU AS UN AMOUREUX ?
HEIN ?
EUH, JE SUIS PAS TRÈS À L'AISE POUR PARLER DE ÇA.
ELLE M'ÉPATE...
ELLE EST DRÔLEMENT MATURE...
JE T'AI PARLÉ DE MON AMOUREUX, ALORS À TOI, MAINTE-NANT.
TOC TOC
UN AMOU-REUX ? EH BIEN...

SETSU_
ALORS COMME ÇA, TON PROFESSEUR VEUT ME VOIR ?
QU'EST-CE QUE TU AS ENCORE FAIT ?
じろり
イタイ
はなせ〜
イタイ
salle des proffesseurs
VOILÀ UN TOUT JEUNE PÈRE. VOUS AVEZ DÛ AVOIR RIN TRÈS TÔT.
ガーン
EUH, C'EST PAS MON PÈRE.
EN RÉALITÉ –
J'ai vraiment l'air d'avoir une enfant de 14 ans ?
Gros mensonge
_RIN EST LA FILLE DU COUSIN DE MON PÈRE. IL NOUS L'A CONFIÉE PARCE QU'IL NE POUVAIT PAS S'EN OCCUPER.
JE SUIS MOI-MÊME VENU À LA PLACE DE MON PÈRE.
MAIS OUI. D'AILLEURS, C'EST VOUS –
_QUI VOUS ÊTES OCCUPÉ DES FORMALITÉS DE SON CHANGEMENT D'ÉCOLE.

HEIN ?
ALORS C'EST LUI QUI S'EST OCCUPÉ DE MON CHANGEMENT D'ÉCOLE ET, QUI M'A ENVOYÉ UN UNIFORME ?
DIRE QUE JE CROYAIS -
...QUE C'ÉTAIT MA MÈRE QUI S'ÉTAIT OCCUPÉE DE TOUT ÇA.
POURQUOI TU DIS RIEN DEPUIS TOUT À L'HEURE ?
JE SUIS QUAND MÊME PAS EN COLÈRE À CE POINT-LÀ.
ALORS COMME ÇA, CETTE HISTOIRE D'ANTISÈCHE, C'ÉTAIT UN COUP MONTÉ PAR UN GROUPE DE FILLES QUI T'A PRISE EN GRIPPE ?
ENFIN, MAINTENANT, TU VAS POUVOIR REMETTRE TON UNIFORME.
C'EST LE PRINCIPAL.
SETSU POURQUOI ES-TU TOUJOURS... COMME ÇA AVEC MOI ?
TU AS L'AIR SI DUR...

OUI, IL EST TOUJOURS COMME ÇA.
METS CES CHAUS-SURES.
SINON, TU VAS TE FAIRE MAL.
... MAIS EN RÉALITÉ, TU ES SI GENTIL -
HÉ !
TU TE SENS MAL ?
TU AS FAIM ?
NE ME TOUCHE PAS !

QU'EST-CE QUE TU AS, DEPUIS QUELQUES TEMPS ?
JE T'AI RIEN FAIT, MOI !
C'EST DE TA FAUTE !
SI !
MAIS ENFIN -
TU M'AS SERRÉE DANS TES BRAS !!
JE T'AI SERRÉE DANS MES BRAS ?
OUI !
PARFAITEMENT !
COMME ÇA !
MOI ?
QUAND ÇA ?

TU TE SOUVIENS PLUS ?
À ODAIBA !
QUAND TU M'AS RETROU-VÉE.
HEIN ?
J'AI FAIT ÇA, MOI ? JE M'EN SOU-VIENS PAS.
J'AVAIS LA FIÈVRE ET JE NE TENAIS PLUS SUR MES PATTES.
JE ME SUIS AGRIPPÉ À TOI EN CHERCHANT À M'APPUYER SUR QUELQUE CHOSE.
AGRIPPÉ ?
QUELQUE CHOSE
TU AS SUBITEMENT PRIS CONSCIENCE QUE J'ÉTAIS UN GARÇON ET TOI UNE FILLE ?
ふっ
MAIS -
C'EST POUR ÇA QUE TU VOULAIS PLUS QUE JE TE TOUCHE.
P...
PAS DU TOUT ! TU RACONTES N'IMPORTE QUOI !
C'EST MÊME PAS VRAI, D'ABORD !
J'AI FAIM ! J'AI ENVIE DE VIANDE !!

DE LA VIANDE !
C'EST ÇA, LA VIANDE ? ......
BAH OUI.
C'EST UN GYUDON.*
MAXI GYUDON
ÇA TE PLAÎT PAS ?
SI SI.
*BOL DE RIZ RECOUVERT DE LAMELLES DE BOEUF
ÇA VA MIEUX...
je me demande ce que tu ferais sans moi...
heureusement que tu es venu.
le maquillage que t'as fait à mon prof la rajeunit de 10 ans.
JE SAIS PAS POURQUOI, MAIS JE ME SENS BEAUCOUP MIEUX...
POURQUOI TU COURS COMME ÇA ?
J'ESPÈRE QUE ÇA VA CONTINUER COMME ÇA...
DIS, TU M'ACHÈTES DES GLACES ?
GAMINE
NON.
LA NUIT, ÇA TE DONNE PAS ENVIE DE COURIR ?

……
CE N'EST PAS À CAUSE DE LA FIÈVRE …
ET SI JE TE DISAIS QUE JE M'EN SOUVIENS TRÈS BIEN, COMMENT RÉAGIRAIS-TU, PETITE RIN ?
J'AVAIS ENVIE DE TE SERRER DANS MES BRAS.
SETSU

JE T'AIME ...
QUOI ?
QU'EST-CE QUE TU AS DIT ?
とととと
DIS, TU M'ACHÈTES UNE GLACE ?
NON. HORS DE QUES-TION.
RADIN !
COMPLEX - 13 / FIN

complex
14

VOICI MON "BOOK".
C'EST LE C.V. DU MODÈLE.
IL CONTIENT DES PHOTOS DE SOI QUE L'ON A FAIT FAIRE PAR UN PRO-FESSIONNEL…
…AINSI QUE TOUTES LES PHOTOS, PAGES DE MAGAZINES OU PUBLICITÉS SUR LESQUELLES ON EST APPARU. IL FAUT L'EMPORTER AVEC SOI À CHAQUE CASTING.
SUR LA PREMIÈRE PAGE DE MON BOOK…
Oui, on peut être mi-gnon-ne en survêt' ! !,!
Rin Suzuki modèle ama-teur.....
J'AI MIS LES PHOTOS OÙ J'AI POSÉ EN TANT QUE MODÈLE AMA-TEUR.
C'EST LA PREMIÈRE FOIS…
…QU'ON M'A PRISE EN PHOTO POUR MOI-MÊME.

ÇA Y EST, JE SUIS DEVENUE OFFICIELLEMENT MODÈLE AMATEUR POUR CE MAGA-ZINE.
SETSU !
ÇA Y EST !
J'AI DU TRAVAIL !
DU TRA-VAIL ?
EN TANT QUE MODÈLE AMATEUR ?
ÇA DOIT ENCORE ÊTRE POUR UN ARTICLE DU GENRE : "UNE LECTRICE RELOOKÉE PAR UN MAQUIL-LEUR OU UN COIFFEUR PROFESSIONNEL"...
J'AI DÉCIDÉ -
...DE ME LAISSER POUSSER LES CHE-VEUX.
QU'EST-CE QUI TE PREND TOUT D'UN COUP ?
REGARDE CES PHOTOS !
ÇA, C'EST MOI QUAND JE POSE POUR DES PHOTOS "GLAMOUR".
ET MAINTENANT, REGARDE CELLES-LÀ !

C'EST MOI SUR LES DEUX MAGAZINES.
OUI. C'EST LA MÊME PERSONNE.
je t'ai maquillée, je t'ai mis des faux seins...
Pourtant, suis super mignonne en survêt.
C'EST MON TALENT QUI FAIT LA DIFFÉRENCE.
NON. LA PLUS GROSSE DIFFÉRENCE...
...C'EST LA LONGUEUR DE CHEVEUX.
SES MAINS TRAHISSENT SES PENSÉES ...
TU AS VU LA DIFFÉRENCE ?
N'IMPORTE QUOI !
Puchi
PHOTOS
C'EST DÉCIDÉ. JE ME LAISSE POUSSER LES CHEVEUX.

RUBRIQUE COIFFURE
LONG HAIR VARIATION
MANA SATOMIYA
JE VOIS.
C'EST LA FILLE QUI EST PASSÉE AVEC TOI À L'AUDITION, NON ?
LE MAGAZINE L'A ENGAGÉE COMME MODÈLE.
TU VEUX TE MESURER À ELLE ?
PAS DU TOUT.
JE TROUVE SIMPLEMENT QUE LES FILLES SONT PLUS JOLIES AVEC DES CHEVEUX LONGS.
TU ES TROP MIGNONNE, DES FOIS...
QUOI ?
HIN HIN HIN
HIN
DIS, TU POURRAIS QUAND MÊME T'HABILLER -
JE SUIS TOUJOURS COMME ÇA QUAND JE SORS DE LA SALLE DE BAINS.
C'EST PAS UNE RAISON.

がつ
AARGL
VA-T'EN ! FOUS-MOI LA PAIX !
TU ME FAIS TROP RIRE !
おは
はは
AH, TORA.
DEUX SECONDES, JE M'HABILLE ET J'ARRIVE.
TU VIENS LA CHERCHER TOUS LES MATINS ?
Y'A QUELQUE CHOSE QUI TOURNE PAS ROND CHEZ MOI
DEPUIS L'AUTRE JOUR.

MOI, JE T'AI PRISE DANS MES BRAS ?
JE CHERCHAIS JUSTE À M'ACCROCHER.
C'TE SALE EXCUSE !
DIS DONC, CE QUE JE VIENS DE VOIR...
...ÇA S'APPELLERAIT PAS DU HARCÈLEMENT SEXUEL, PAR HASARD ?
DU HARCÈLEMENT SEXUEL ? MAIS C'EST POUR LES VIEUX, ÇA !
LE TRAÎTRE...
IL SOULIGNE LE FAIT QU'IL N'A QUE 14 ANS.
PAR CONTRE, TOI, TU DEVRAIS AVOIR HONTE.
ET TOI, ALORS ?
MOI, C'EST PAS PAREIL.
J'AI 14 ANS, TOUT COMME RIN.
C'EST VRAI...
...QU'ELLE EST TROP JEUNE POUR MOI.

J'Y VAIS, SETSU !
OUBLIE PAS DE FAIRE LA VAISSELLE.
MAIS...
À CE SOIR !
BYE
...JE L'AIME.
MAIS CE N'EST PAS VRAIMENT DE L'AMOUR...
CHIEN D'UN ÉLÈVE
キィ
...C'EST UN PEU COMME QUAND ON TROUVE QU'UN CHIEN OU UN CHAT EST TROP MIGNON. ON EST ATTENDRI, ON S'Y ATTACHE
...
あうあう

SETSU ! ÇA ALORS !
C'EST PLUTÔT RARE DE TE VOIR LE MATIN.
C'EST AUJOURD'HUI QU'IL FAUT RENDRE NOS TRAVAUX. T'ES AU COURANT ?
OUAIS.
ÇA FAIT LONGTEMPS QUE JE L'AI TERMINÉ.
C'EST VRAI QUE T'ES TOUJOURS PRÉVOYANT, TOI.
C'EST MAGNIFIQUE
OH OH OH
SETSU EST UN SPÉCIALISTE DE LA PEINTURE JAPONAISE.
SETSU, TU AS UN VÉRITABLE TALENT POUR PEINDRE LES FLEURS.
C'EST PARCE QUE JE LES ADORE. ELLES SONT SI BELLES.
C'EST SURTOUT PARCE QUE JE PEUX M'EN DONNER À CŒUR JOIE AVEC LES COULEURS.
"COLOROPHILE"
Tiens, Setsu ! c'est rare, de te voir ici !
POUR LE RESTE, IL EST PAS TRÈS DOUÉ.
Salut !
COSMÉTOPHILE
TON ROUGE À JOUES EST MAGNIFIQUE.
C'est vrai ?
ÇA TE VA SUPER BIEN. TU L'AS ACHETÉ OÙ ?
ET POUR LE MASCARA ? TU UTILISES QUOI ? IL EST SUPERBE.

T'ES UN TYPE BIZARRE, TOI.
TU SÈCHES TOUT LE TEMPS LES COURS...
...MAIS TU RENDS TOUJOURS TES TRAVAUX QUAND IL FAUT... TOUT EN TROUVANT LE TEMPS D'ALLER À TOUTES LES SOIRÉES.
je veux encore jouer !
les profs t'aiment bien et les filles t'adorent.
ATTENDS, JE PASSE PAS MA VIE EN SOIRÉES.
JE DOIS AIDER MON PÈRE POUR SON TRAVAIL.
IL DIRIGE UNE AGENCE, C'EST ÇA ?
C'EST UNE AGENCE DE QUOI ? D'ART GRAPHIQUE ?
OUAIS, EN QUELQUE SORTE
C'EST POUR ÇA QUE TU ARRIVES PARFOIS EN COSTARD ?
VEUILLEZ EXCUSER MON RETARD.
l'autre jour
LES FILLES DE LA CLASSE TE DÉVORAIENT DES YEUX.
C'EST PAS JUSTE, ELLES SONT TOUTES AMOUREUSES DE TOI.
C'est comme ça
ENFIN, C'EST DE L'HISTOIRE ANCIENNE.
TU SAIS CE QUE LES FILLES DISENT DE TOI, MAINTENANT ?
QUE JE SUIS UN TYPE BIZARRE ?

NON.
ELLES DISENT QUE TU ES PAPA !!!
OUAIS.
PAPA ?
EN-CORE ?
PLUSIEURS TÉMOINS AFFIRMENT T'AVOIR VU À OMOTESANDO AVEC DE JEUNES ENFANTS.
LES COURSES POUR LE DÎNER
JE VEUX UNE GLACE !
ACHÈTE-MOI UNE GLACE !
SALUT, TOUT LE MONDE !
RIN SUZUKI EST DE RETOUR AVEC SON UNIFORME !
……

EH BEN ?!
VOUS ÊTES PAS EN SURVÊT' ?
HEIN. IL EST OÙ, VOTRE SURVÊT' ?
DE QUOI ELLE PARLE ?
ON AVAIT FAIT UN PARI !
VOUS DEVIEZ PASSER TOUTE UNE JOURNÉE EN SURVÊT' SI JAMAIS UN MAGAZINE ME PRENAIT COMME MODÈLE.
HEIN ?
ON A DIT ÇA, NOUS ?
PEUT-ÊTRE...
JE M'EN SOUVIENS PAS.
NNN
NNN
VOUS VOUS FOUTEZ DE MOI, OU QUOI ?
SHIBATA ! ARRÊTE.
TU M'AS TROP FAIT RIRE...
QUAND TU LEUR AS BALANCÉ LA TABLE SUR LA TRONCHE !
TROP FORT ! T'ES BIEN UNE FILLE DE LA CAMPAGNE, TOI.
ARRÊTE DE RIGOLER !

ELLES SE MOQUENT DE MOI.
POURQUOI ? PARCE QUE JE SUIS NOUVELLE ? PARCE QUE JE VIENS DE LA CAMPAGNE ?
C'EST PEUT-ÊTRE UN PEU DES DEUX…
MAIS TOI ET TORA…
VOUS NE VOUS MOQUEZ PAS DE MOI. VOUS ÊTES MÊME DEVENUS MES AMIS.
N'OUBLIE PAS QUE…
MOI AUSSI, J'AI CHANGÉ D'ÉCOLE. JE SAIS CE QUE C'EST.
J'ÉPROUVE DE LA COMPASSION À L'ÉGARD DE MES SEMBLABLES. C'EST TOUT.
DE LA COMPASSION…
…À L'ÉGARD DE TES SEMBLABLES ?
Tu peux pas utiliser des mots un peu moins compliqués ?
NON, C'EST PAS VRAI.
EN FAIT, JE T'ADORE.
SURTOUT QUAND TU BALANCES TON BUREAU SUR LA TÊTE DES GENS.
がはは
はは
ÉCOUTE, TU AS RÉUSSI À DEVENIR MODÈLE AMATEUR.
LE MEILLEUR MOYEN DE LEUR CLOUER LE BEC, C'EST DE CONTINUER ET DE DEVENIR UN MODÈLE CÉLÈBRE.
HEIN ?

UN MODÈLE CÉLÈBRE ?
TOUT CE QUE JE VEUX, C'EST RENCONTRER KYO...
...ET SI POSSIBLE, POSER AVEC LUI DANS UN MAGAZINE.
TOI, TU VEUX LEUR CLOUER LE BEC...
...MAIS MOI, C'EST PAS ÇA QUI M'INTÉRESSE.
TU SAIS, JE CHERCHE PAS À DEVENIR CÉLÈBRE.
ET PUIS, FAUT PAS RÊVER...
C'EST QUE...
PFFF. T'AS AUCUNE AMBITION. T'ES VRAIMENT NOUILLE.
...J'AI AUSSI MON BOULOT À L'AGENCE, MOI.
SI LES GENS APPRENNENT LA VÉRITÉ, SETSU ET LE PATRON AURONT DES ENNUIS.
ET PUIS, J'AI FAIT UNE PROMESSE À MA MÈRE.
AAHH
ボサ ボサ
ÇA VA, SHIBATA ?
NON. JE SUIS TOUTE DÉCOIFFÉE.
OH !

ELLE A DES CHEVEUX MAGNIFIQUES.
LISSES, DROITS, AVEC DE LÉGERS REFLETS BRUNS...
ELLE AUSSI A DE BEAUX CHEVEUX...
TRÈS LONGS...
LÉGÈREMENT ONDULÉS...
COMME CETTE FILLE : MANA SATOMIYA...
COMME JE LES ENVIE.
MOI AUSSI, J'AURAIS BIEN AIMÉ AVOIR DES CHEVEUX LONGS...
DEPUIS QUE JE SUIS TOUTE PETITE...
...J'AI TOUJOURS EU LES CHEVEUX COURTS.
UN GARÇON DOIT AVOIR DES CHEVEUX COURTS.
MAIS ENFIN, GRAND-PÈRE, JE NE SUIS PAS UN GARÇON !
AU FAIT, SUZUKI, C'EST QUI LE TYPE QUI EST VENU, L'AUTRE JOUR ?

HEIN ? QUI ÇA ?
LE TYPE QUI EST VENU À L'ÉCOLE.
AH, SETSU.
C'EST TON FRÈRE ?
T'AS DE LA CHANCE D'AVOIR UN GRAND FRÈRE AUSSI BEAU.
HEIN ?
"BEAU" ?
かあっ
POURQUOI EST-CE QUE JE ROUGIS, MOI ?
RIN !
AÏE !!
ARRÊTE DE ME SAUTER DESSUS COMME ÇA !
TU M'É-CRASES !
はっ
OUI, AVANT, JE SORTAIS AVEC TORA.

JE L'AIME TOUJOURS.
AH…
ボカッ
AÏEUH !
NON MAIS ÇA VA PAS ? POURQUOI TU M'AS DONNÉ UN COUP DE POING ?
TU ME DEMANDES POURQUOI ?!
AVANT, TU SORTAIS AVEC SHIBATA !
ÇA TE FAIT RIEN DE ME PRENDRE DANS TES BRAS DEVANT ELLE ?
SHIBATA NE M'AVAIT JAMAIS FAIT ÇA.
OUI. MOI, JE TE METTAIS DES BAFFES.
ILS SE PARLENT COMME SI DE RIEN N'ÉTAIT…

JE ME DEMANDE POURQUOI…
C'EST BIZARRE.
…IL CONTINUE À FAIRE COMME SI RIEN NE S'ÉTAIT PASSÉ.
ALLEZ, HAUT LES CŒURS !
JE VAIS POSER EN TANT QUE MODÈLE AMATEUR.
J'ESPÈRE QUE KYO SERA LÀ.
TU RÊVES, MA PAUVRE PETITE RIN…
POURQUOI T'ES VENU AVEC MOI, D'ABORD ?
CE QU'IL PEUT ÊTRE DÉSAGRÉABLE…

ATTENDS, TU M'AVAIS DIT QUE POUR TOUT CE QUI CONCERNAIT MON JOB DE MODÈLE AMATEUR, JE DEVAIS M'EN OCCUPER TOUTE SEULE.
C'EST JUSTE POUR AUJOURD'HUI.
MÊME SI TU ES MODÈLE AMATEUR, TU TRAVAILLES QUAND MÊME POUR NOTRE AGENCE.
J'AIMERAIS LES RENCONTRER ET DISCUTER UN PEU DE TA RÉMUNÉRATION.
BON... ALORS JE COMPTE SUR TOI.
RIN, TU COMPTES VRAIMENT ALLER TRAVAILLER DANS CETTE TENUE ?
ELLE TE PLAÎT PAS, MA TENUE ?
EUH, SI SI -
REGARDE...
ELLE SE BALLADE EN SURVÊT'.
OÙ A LIEU LA SÉANCE-PHOTO ?
CHEZ UN COIFFEUR À JIYU-NO-OKA.
DRÔLE D'ENDROIT POUR UNE SÉANCE-PHOTO.
TU POUVAIS PAS LE DIRE PLUS TÔT ? ON L'A DÉJÀ DÉPASSÉ !!
HEIN !
AH, C'EST UN SALON DE COIFFURE ?

カシャ
OH !
ZUT. IL EST LÀ.
KYO !
MANA, RAPPROCHE-TOI UN PEU PLUS DE LUI.
カシャ

C'EST BON. ON A FINI. MERCI À TOUS !
C'EST DANS LA BOÎTE !
MANA, ON A ENCORE UNE SÉRIE DE PHOTOS À FAIRE AVEC TOI.
TU PEUX RESTER, S'IL TE PLAÎT ?
C'ÉTAIT SUPER, KYO. MERCI.
AH LÀ LÀ !
IL VIENT PAR ICI !
C'EST ELLE
...

TapTapTap
QU'EST-CE QUE TU FABRIQUES ?
JE CROYAIS QUE TU VOULAIS LE VOIR.
OUI, MAIS_
......
OUH LÀ_
すっ
KYO

MERCI DE T'ÊTRE OCCUPÉ DE RIN…
…L'AUTRE JOUR.
SETSU…
……
CE N'EST RIEN.

ELLE M'A DIT QUE TU L'AVAIS AIDÉE À RÉVISER SON CONTRÔLE.
NNNG...
AH OUI. LES FACTORISATIONS.
TIENS...
Grrr, il est plus grand que moi...
LA PETITE SŒUR DE RIN.
SA PETITE SŒUR ?
SETSU NE M'A PAS ENCORE MAQUILLÉE.
EUH...
JE DOIS PAS ME FAIRE REMARQUER.
MERCI POUR L'AUTRE JOUR.
JE NE SUIS PAS L'"AUTRE RIN"... CELLE QU'IL AIME...
J'AI EU UNE SUPER BONNE NOTE À MON CONTRÔLE.
TOI ?
EUH... NON !
C'EST ELLE !
ELLE M'A DIT : "GRÂCE À KYO. J'AI EU UNE SUPER BONNE NOTE !"
ELLE S'EST INVENTÉE UNE SŒUR.
Elle t'a dit autre chose ?
Non, c'est tout !

DIS-MOI...
COMMENT VA-T-ELLE ?
HEIN ?
ELLE N'EST PAS EN COLÈRE CONTRE MOI ?
...
POURQUOI ?
AH OUI !
PARCE QUE TU LUI AS TOUCHÉ LA POITRINE, C'EST ÇA ?
vous ne vous êtes pas fait mal ?
JE CROYAIS QU'ILS AVAIENT RÉVISÉ LES FACTORISATIONS... TU PARLES !
JE SAVAIS BIEN QU'IL S'ÉTAIT PASSÉ QUELQUE CHOSE.
IL L'A PELOTÉE, LE SALOPARD !

TU VAS M'ATTEN-DRE ICI.
OH...
ELLE EST MINCE...
QU'EST-CE QU'ELLE EST JOLIE !
ELLE A DE GRANDS YEUX NOIRS TOUT RONDS...

MAIS_
!!
QU'EST-CE QU'IL FOUT ENCORE LÀ CELUI-LÀ ?
NON. JE REGARDE.
OH !
KYAAA

MANA, TU N'AS RIEN ?
RIN, QU'EST-CE QUE TU LUI AS FAIT ?
ELLE LUI A DONNÉ UN COUP DE PIED !
UN COUP DE PIED ? NON MAIS ÇA VA PAS ?
TU LUI EN VEUX TELLEMENT D'AVOIR REMPORTÉ LE CONCOURS ?
MAIS C'EST ELLE QUI A COMMENCÉ !
ELLE M'A POUSSÉE !
CE N'EST PAS UNE RAISON !
QUOI, ELLES SE SONT BATTUES ?
BON, ÇA SUFFIT, MAINTENANT ! VOUS ÊTES ICI POUR TRAVAILLER !
QUANT À TOI, N'OUBLIE PAS QUE TU N'ES QU'UN MODÈLE AMATEUR.
JE VOUS PRIE DE BIEN VOULOIR L'EXCUSER.
POURQUOI TU T'EXCUSES ? C'EST PAS MOI QUI AI COMMENCÉ.
TU ES QUAND MÊME EN TORT.
C'EST COMME ÇA. MANA EST LEUR MODÈLE OFFICIEL ET TOI, TU N'ES QU'UN MODÈLE OCCASIONNEL. CE N'EST PAS PAREIL.
ELLE A RAISON, ET TOI, TU AS TORT.
JE SUIS PAS D'ACCORD !
VEUILLEZ NOUS EXCUSER. JE DOIS LUI EXPLIQUER CERTAINES CHOSES.
ON S'EN VA ? MAIS, ET LA SÉANCE PHOTO ?
PARDON

ESPÈCE D'IDIOTE ! TU TE RENDS COMPTE DE CE QUE TU AS FAIT ?
C'EST PAS MOI QUI AI COMMENCÉ !
MOI AUSSI, JE SUIS MODÈLE, ET SI ON M'AVAIT FAIT ÇA…
…J'AURAIS CERTAINEMENT RÉAGI DE LA MÊME FAÇON.
!
C'EST VRAI, C'EST LA FILLE AUX CHEVEUX LONGS QUI A COMMENCÉ.
ELLE L'A POUSSÉE ET LUI A ÉCRASÉ LA MAIN AVEC LE TALON.
KYO…
NOUS PRENDRONS LES PHOTOS PENDANT QU'UN DES COIFFEURS DU SALON TE COUPERA LES CHEVEUX.
QUANT À TOI, RIN, ON VA SIMPLEMENT TE COIFFER À NOTRE FAÇON.
MAIS C'EST VRAIMENT PARCE QUE KYO EST INTERVENU POUR PRENDRE TA DÉFENSE.
ALORS NE NOUS CRÉE PLUS DE PROBLÈMES.
OUI.

Snif
Snif
BONJOUR L'AMBIANCE...
Snif
MAIS...
On aurait mieux fait de lui dire de rentrer chez elle.
NON.
JE NE VEUX PAS
...QUE VOUS ME COUPIEZ LES CHE-VEUX.
C'EST LA PREMIÈRE FOIS QUE JE L'ENTENDS PARLER.
ELLE A UNE JOLIE VOIX.
QU'EST-CE QUI TE PREND TOUT D'UN COUP ?
CE SALON EST TRÈS RÉPUTÉ, TU SAIS ? IL EST FRÉQUENTÉ PAR DE NOMBREU-SES CÉLÉBRITÉS.
JE VEUX PAS !
MAIS QUEL SALE CARACTÈRE.
Attends, on a loué le salon ex-près pour toute la journée !
C'est ça qui l'obsède !
QUAND J'ÉTAIS SUR MON ÎLE...
...J'AI FAIT LE VŒU DE NE PAS ME COUPER LES CHEVEUX TANT QUE CELUI QUE J'AIME...
...N'AURA PAS RÉPONDU À MON AMOUR.

CELUI QU'ELLE AIME ?
ELLE ÉTAIT JALOUSE DE MOI.
JE RENTRE !
HEIN ?
J'AI PARTI-CIPÉ À CE CONCOURS POUR POUVOIR RENCONTRER KYO.
JE COM-PRENDS, À PRÉSENT.
C'EST POUR ÇA QU'ELLE A FAIT ÇA, TOUT À L'HEURE.
ELLE A DIT QU'ELLE ÉTAIT D'ACCORD POUR SE FAIRE COUPER LES CHEVEUX À MA PLACE.
!?

J'AI JAMAIS DIT ÇA !
MANA !
attends !
BON, BAH ON VA FAIRE AVEC.
BON, BAH ON VA FAIRE AVEC.
C'EST ÇA ALLEZ-Y, BIEN COURTS.
NON MAIS T'ES PAS BIEN ?!
ÇA SUFFIT, MAINTE-NANT !
C'EST L'OCCASION DE TE FAIRE PARDONNER POUR TOUT À L'HEURE.
COMME ÇA ILS TE FERONT RETRAVAILLER.
J'AI DÉCIDÉ DE ME LAISSER POUSSER LES CHEVEUX !
COURS TOU-JOURS !

SETSU, TU ME LE PAIERAS !!
LES CHEVEUX POUSSENT D'ENVIRON 1 CM PAR MOIS.
ET LÀ, C'EST 3 OU 4 MOIS DE PERDUS.
MES CHEVEUX N'ONT RIEN D'EXTRAORDINAIRE -
SURTOUT SI JE LES COMPARE À CEUX DE MANA... MAIS C'EST QUAND MÊME DUR...
MMM...
QU'EST-CE QU'ELLE EST MIGNONNE !
J'ai trouvé un titre pour l'article : "une lectrice relookée dans un salon de coiffure réputé."

WAOUH !
TU ES SUPER MIGNONNE, COMME ÇA !
ÇA TE VA BEAUCOUP MIEUX, LES CHEVEUX COURTS.
TU PARLES. J'AI L'AIR D'UN GARÇON.
CE SONT BIEN DES RAJOUTS ?
J'AURAIS UN PETIT SERVICE À VOUS DEMANDER.
むっすー
SOURIS
LA PAUVRE…
IL EST ENCORE LÀ, LUI ?
HEIN ? IL FAUT QUE JE METTE ÇA ?
OUI, C'EST LE MONSIEUR DE TON AGENCE QUI NOUS L'A DEMANDÉ.

AU FAIT, JE VOULAIS TE REMERCIER...
...D'AVOIR PRIS LA DÉFENSE DE RIN, TOUT À L'HEURE.
RIN ?
C'EST ELLE, RIN ?
AÏE...

MAIS ALORS ...
QUI ES-TU ?
COMPLEX - 14 / FIN

complex
—15—

QUI ES-TU ?
C'EST TOI, RIN SUZUKI ?

は
QU'EST-CE QU'IL Y A, KYO ?
QU'EST-CE QU'ELLE A FAIT ?
RIEN.
ALORS ÇA Y EST. IL A COMPRIS ?
.....
IL A COMPRIS QUE...
...RIN SUZUKI, LE CÉLÈBRE MODÈLE PHOTO...

...ET MOI, NOUS N'ÉTIONS QU'UNE SEULE ET MÊME PERSONNE ?
QU'EST-CE QUE JE VAIS FAIRE ?
ALLEZ, SOURIS.
FAIS UN EFFORT.
OUI !
QU'EST-CE QUE JE VAIS FAIRE ?
M'ENFUIR !
C'EST DANS LA BOÎTE !
BAH, OÙ EST PASSÉE RIN ?
ELLE EST EN TRAIN DE SE DÉMAQUILLER...
HEIN ?
AU REVOIR TOUT LE MONDE !

MAGNE-TOI, SETSU, ON S'EN VA !
ATTENDS, ON LEUR A MÊME PAS DIT AU REVOIR.
RIN SUZUKI.
OUI ?
ARGL !
ALORS C'EST TOI, RIN SUZUKI ?
EUH...
NON, PAS DU TOUT !

ALORS COMMENT TU T'APPELLES ?
RI...
RIN...
JE SUIS PRISE AU PIÈGE.
RIN SUZUKI.
ELLE S'APPELLE RIN SUZUKI.
SETSU !
QU'EST-CE QUI TE PREND, POURQUOI T'AS DIT ÇA ?
BAH C'EST LA VÉRITÉ, NON ?
TRIPLE CRÉTIN !
MAIS TU VAS TE TAIRE ?!
CRÉTIN, MOI ?
N'IMPORTE QUOI !

COMBIEN DE FOIS FAUDRA-T-IL QUE JE TE RÉPÈTE…
Aïe
…QUE TU NE DOIS PAS PARLER COMME ÇA À TES AÎNÉS.
"COBRA TWIST" PLUS COMMUNÉMENT APPELÉ "BRISE-CÔTES" UNE DES TECHNIQUES FAVORITES D'ANTONIO IN
LÂCHE-MOI, TU ME FAIS MAL !
PAUVRE NAZE !
ABRUTI !
JE ME SUIS TROMPÉ.
hein ?
C'EST QUOI, CE SOUPIR ?
OUI, ELLE NE LUI RESSEMBLE PAS DU TOUT.
HEIN ?
PAS DU TOUT ?
COMMENT ÇA, QU'EST-CE QU'IL RACONTE ?!
C'EST MOI !
C'EST MOI, RIN, SUZUKI !!

C'EST PEUT ÊTRE MIEUX COMME ÇA.
"RIN SUZUKI", LA MODÈLE PHOTO…
…A TOUT SIMPLEMENT PRIS LE NOM DE LA VRAIE RIN QUI EST ICI.
C'EST SON PSEUDONYME. C'EST TRÈS FRÉQUENT, CHEZ LES MODÈLES PHOTO.
VOILÀ, JE LUI AI TOUT EXPLIQUÉ. C'EST BON, COMME ÇA ?
ALLEZ, RIN. ON RENTRE.
OUI.
EST-CE VRAIMENT LA MEIL-LEURE SO-LUTION ?
JE ME DEMANDE ...
RIN, ATTENDS !

J'AIME-RAIS _
_BEAUCOUP REVOIR TA SŒUR.
DIS-MOI COMMENT JE PEUX LA JOINDRE.
IL M'A APPELÉE_
_PAR MON PRÉNOM.
HORS DE QUESTION !
T'ES QUAND MÊME GONFLÉ ! TU OSES LUI DEMANDER ÇA DEVANT MOI ?
JE NE T'AI RIEN DEMANDÉ.
C'EST À ELLE QUE JE M'ADRES-SE.
TU ES UN DES TYPES DE SON AGENCE, N'EST-CE PAS ?
DE QUEL DROIT TE MÊLES-TU DE SA VIE PRIVÉE ?
ET C'EST PAS LA PREMIÈRE FOIS.
L'AUTRE JOUR, TU L'AVAIS SUIVIE JUSQU'À MON HÔTEL.

MAIS –
QU'EST-CE QUI LEUR PREND ?
ILS SE DISPUTENT À CAUSE DE MOI.
ENFIN, CE N'EST PAS VRAIMENT "MOI".
ÇA DEVIENT COMPLIQUÉ –
つん
KYO…
EN FAIT…
…MA SŒUR AUSSI VEUT TE REVOIR.
J'ATTENDS DES EXPLI-CATIONS !!

QU'EST-CE QUE C'EST QUE CETTE HISTOIRE DE SŒUR ?
JE NE L'AI PAS FAIT EXPRÈS.
KYO NE M'AVAIT PAS RE-CONNUE.
TU ES QUI, PAR RAPPORT À RIN ?
SA SŒUR ?
"RIN SUZUKI" EST CENSÉE AVOIR 17 ANS ALORS QU'EN RÉALITÉ, TU EN AS SEULEMENT 14 DÉJÀ, C'EST PAS SIMPLE.
ET MAINTE-NANT, VOILÀ QUE TU DEVIENS TOI-MÊME MODÈLE AMATEUR.
RÉSUMÉ
ELLE COMMENCE À AVOIR UNE CERTAINE NOTORIÉTÉ.
TRANS-FORMATION
RIN SUZUKI (17 ANS) MODÈLE PHOTO PORTE - UNE PERRUQUE - DES FAUX SEINS
LA VRAIE RIN SUZUKI (14 ANS) - PAS DE POITRINE - MODÈLE AMATEUR DEPUIS PEU
CETTE HISTOIRE DEVIENT VRAIMENT COMPLIQUÉE.
TU FERAIS MIEUX DE LUI DIRE TOUTE LA VÉRITÉ.
ÇA NE TE DÉRANGE PAS, DE LUI MENTIR SANS ARRÊT ?
TU L'AIMES, N'EST-CE PAS ?

TU LUI AS PROMIS DE LE REVOIR
QU'EST-CE QUE TU VAS FAIRE ?
"MA SŒUR AUSSI VEUT TE REVOIR" --.
EN FAIT, C'EST TOI QUI AS ENVIE DE LE VOIR.
NN ..
EUH..
MAIS EN FAIT, IL VAUT MIEUX QUE CE SOIT "L'AUTRE RIN SUZUKI" QUI Y AILLE..
...HISTOIRE DE DISSIPER SES DERNIERS DOUTES.
PFF
OUI, BON, D'ACCORD.
ZUT, À LA FIN !
...LE KYO QUE J'AI DÉCOUVERT CE JOUR-LÀ
C'EST VRAI, J'AI ENVIE DE LE VOIR ! JE VOIS PAS CE QU'IL Y A DE MAL À ÇA !

CELUI QUI A OUVERT SON CŒUR...
C'EST POUR ÇA QUE J'AI BESOIN DE TOI POUR ME "TRANS-FORMER".
COURS TOUJOURS.
LÂCHEUR!
TU CROIS VRAIMENT QUE C'EST LA BONNE SOLUTION ?
...À L'AUTRE RIN.
OUI.
POUR L'INSTANT, JE PRÉFÈRE QUE KYO NE SACHE RIEN.
EN FAIT, TU AS SEULEMENT PEUR QU'IL APPRENNE LA VÉRITÉ.
TOUT SIMPLEMENT PARCE QUE TU N'AS PAS CONFIANCE EN TOI.
POURQUOI EST-IL SI DUR AVEC MOI ?
MÊME S'IL N'A PAS TOUT À FAIT TORT...

CE…
CE N'EST PAS LA SEULE RAISON !
J'AI FAIT UNE PROMESSE À MA MÈRE ET PERSONNE NE DOIT SAVOIR QUE J'AI 14 ANS.
UNE PROMESSE ?
QU'EST-CE QUE C'EST QUE CETTE HISTOIRE ?
JE T'EN AVAIS PAS PARLÉ ?
SI JAMAIS ON DÉCOUVRE QUE JE N'AI QUE 14 ANS. JE DEVRAI ALLER VIVRE AVEC MA MÈRE
TU M'AVAIS RIEN DIT !
SI QUELQU'UN D'AUTRE QUE TORA ET SETSU APPREND -
…QUE LA RIN SUZUKI QUI POSE DANS LES MAGAZINES…
…N'A EN RÉALITÉ QUE 14 ANS…
…TU DEVRAS VENIR VIVRE AVEC MOI.
POURQUOI TU M'AS PAS DIT ÇA PLUS TÔT ?
DÉSOLÉE…
MON PÈRE AUSSI EST AU COURANT !
MISHIMA
ET MISHIMA, LE PHOTOGRAPHE, SE DOUTE CERTAINEMENT DE QUELQUE CHOSE.
QU'EST-CE QU'ON VA FAIRE ?

TU VAS ARRÊTER DE TRAVAILLER EN TANT QUE MODÈLE AMATEUR !
NAN !
IL FAIT SUPER BEAU.
ON A RENDEZ-VOUS DEVANT LES BANCS
EN FACE DU GRAND MAGASIN.
IL EST LÀ !!

BONJOUR.
TIENS !
MA SŒUR NE VA PAS TARDER À ARRIVER.
ELLE A ÉTÉ RETARDÉE À CAUSE DE SON TRAVAIL MAIS ELLE SERA LÀ D'ICI 10 MN.
TU ES VENUE SEULEMENT POUR ME DIRE ÇA ?
OUI.
JE CROYAIS QUE TU ALLAIS NOUS ACCOMPA-GNER POUR NOUS CHAPERONNER.
AH BON ?
N'IMPORTE QUOI !
PAS DU TOUT !
QUEL GARÇON MANQUÉ.

VITE, VITE !
Lady's Room
BON, MAINTENANT QUE JE ME SUIS BIEN FAIT REMARQUER...
...JE N'AI PLUS QU'À ME TRANSFORMER EN "RIN SUZUKI" !
SETSU M'ATTEND AU 1ER ÉTAGE DEVANT LES TOILETTES DES FEMMES.
C'EST LÀ QUE JE ME CHANGERAI ET QUE JE ME MAQUILLERAI.
Tap Tap Tap
SETSU !
SETSU !
IL EST PAS LÀ !
Bom...
DÉSOLÉE, MA SŒUR A L'AIR D'AVOIR UN PEU DE RETARD.
AH BON.
OÙ EST-CE QU'IL A BIEN PU ALLER ?
ALLEZ, S'IL TE PLAÎT !
NAN !
SI ÇA SE TROUVE -

ET PENDANT CE TEMPS-LÀ...
...SETSU ÉTAIT SCOTCHÉ DEVANT LE RAYON COSMÉTIQUES.
QUELLE MER-VEILLE ♡
BON, J'ATTENDS 10 MN ET JE RETOURNE VOIR S'IL EST LÀ.
Mais qu'est-ce qu'il fabrique ?
flap
DEPUIS TOUT À L'HEURE -
IL N'A PAS DIT UN MOT -
POURTANT, LA DERNIÈRE FOIS, ON AVAIT BEAUCOUP PARLÉ.
ET MOI -
QUI ME FAISAIS UNE JOIE DE LE REVOIR

TU ES TOUJOURS EN SURVÊTEMENT ?
TU -
TU TROUVES ÇA BIZARRE ?
IL ME REGARDE !
NON.
MAIS COMME TU ES TOUJOURS EN SURVÊT'...
JE CROYAIS QUE ÇA FAISAIT PARTIE DU RÈGLEMENT DE TON COLLÈGE.
Du genre il faut porter un survêtement lorsque l'on sort de l'établissement.
NON, PAS DU TOUT.
TU NE T'INTÉRESSES PAS À LA MODE ?
JE CROYAIS QUE TOUTES LES FILLES AIMAIENT ÇA.
ET PUIS PLUS TARD, TU VEUX DEVENIR UN VRAI MODÈLE, NON ?
MOI AUSSI, J'AIMERAIS BIEN ÊTRE À LA MODE.
MAIS JE SAIS PAS COMMENT M'HABILLER.

LES FILLES QUE JE VOIS MARCHER DANS LA RUE...
...SONT TOUJOURS JOLIMENT HABILLÉES.
JE LES ENVIE.
MAIS QUAND JE VAIS DANS UN MAGASIN DE VÊTEMENTS...
...JE NE SAIS PAS QUOI CHOISIR. ET PUIS LES VENDEURS ME FONT PEUR.
LES VENDEURS TE FONT PEUR ?
BAH OUI. ÉVIDEMMENT, TOI, TU PEUX PAS COMPRENDRE.
QUOI QUE TU METTES, ÇA TE VA BIEN.
JE VOIS BIEN LA TÊTE QUE FONT LES VENDEUSES...
ELLES SE DISENT : "QU'EST-CE QU'ELLE FAIT LÀ CELLE-LÀ ?"
"POURQUOI ELLE A CHOISI ÇA ? ÇA LUI VA PAS DU TOUT."
BREF, TU VOIS LE GENRE -
MAIS NON.
MAIS SI, JE TE JURE !

JE CROIS QUE TU TE PRENDS TROP LA TÊTE.
HO HO HO
TU PEUX PAS COMPRENDRE.
Trop cool mes nouvelles baskets !
HEIN ?
RIN !
TORA !
QU'EST-CE QUE TU FAIS LÀ ?
ZUT.
TU FAIS DU SHOPPING ?
MOI ?
OH NON ! PAS LUI... JE LE CONNAIS. IL VA PAS ME LÂCHER.
QU'EST-CE QUE JE VAIS FAIRE S'IL S'INCRUSTE ?
IL RISQUE DE TOUT FAIRE CAPOTER.
T'ES TOUTE SEULE ? VIENS, ON VA MANGER TOUS LES DEUX.
JE SUIS PAS TOUTE SEULE !

QU'EST-CE QU'IL FAIT LÀ, LUI ?
C'EST KYO, LE MODÈLE.
TU L'AS VU À LA DERNIÈRE SÉANCE PHOTO.
OUAIS. JE SAIS. MAIS QU'EST-CE QUE VOUS FAITES LÀ TOUS LES DEUX ?
ON AVAIT RENDEZ-VOUS.
CALME-TOI, RIN -
C'EST VRAI, IL A RENDEZ-VOUS.
MAIS AVEC L'AUTRE RIN SUZUKI.
MAIS OUAIS. C'EST ÇA !
VOUS FAITES PAS TROP COUPLE D'AMOUREUX.
ON A PLUTÔT L'IMPRESSION QUE TU TE PROMÈNES AVEC TON PETIT FRÈRE.

NNN..
VIENS.
OÙ EST-CE QUE VOUS ALLEZ ?
ET MOI, ALORS ?
ON VA SE BALADER. ALORS VIENS PAS NOUS DÉRANGER.
JE FAIS PAS LE POIDS.
IL EST TROP BEAU.

hips
ATTENDS. OÙ EST-CE QU'ON VA ?
SI ON S'EN VA, SETSU NE POURRA PAS...
EUH... JE VEUX DIRE MA SŒUR NE NOUS RETROUVERA PAS.
ON REVIENDRA D'ICI 10 MN.
LE RAYON VÊTEMENTS ?
TU CHERCHES QUEL GENRE DE VÊTEMENTS ?
QUEL GENRE ?
ZIEUTE
ZIEUTE
ZIEUTE
TOUT LE MONDE NOUS REGARDE.
QUAND TU NE SAIS PAS QUOI CHOISIR -
JE FAIS TÂCHE, À CÔTÉ DE KYO.
En plus, ici, il n'y a que des articles pour filles.

…OBSERVE CE QUE PORTENT LES VENDEUSES.
MOI, C'EST CE QUE JE FAIS.
D'ACCORD.
ON A PLUTÔT L'IMPRESSION QUE TU TE PROMÈNES AVEC TON PETIT FRÈRE!
J'AIMERAIS BIEN …
…TROUVER UNE JOLIE JUPE.
OUI, UNE JOLIE JUPE AVEC LAQUELLE JE N'AURAIS PAS HONTE DE SORTIR EN COMPAGNIE DE KYO.
UNE JUPE FLOTTANTE, COMME UNE FLEUR…
MAIS NON, QU'EST-CE QUE JE RACONTE. ÇA M'IRAIT PAS DU TOUT.
FAUT PAS QUE JE SOIS SI ROMANTIQUE.
D'AILLEURS, QUAND J'AI FAIT LA SÉANCE PHOTO POUR LE MAGAZINE PUCHI, ON NE M'A PAS FAIT POSER AVEC UNE JUPE, ON M'A MIS UN JEAN.
POURQUOI TU DIS ÇA ? JE SUIS SÛR QUE ÇA T'IRAIT TRÈS BIEN.

ELLE EST…
TROP MI-GNONNE. ♡
JE PEUX PAS TE L'ACHETER. MAIS TU PEUX TOUJOURS L'ESSAYER. C'EST GRATUIT.
AH BON…
はっ
OUI, MAIS COMME J'AI DÉJÀ FIXÉ MA PERRUQUE, JE PEUX PAS SORTIR SANS.
LÀ, JE SUIS VRAIMENT COINCÉE.
ばさっ
PAR CONTRE, AVEC LA CASQUETTE -
ATTENDS !
ばた
ばた
AH LÀ LÀ !
ARGL !
C'EST MOI.
ELLE A GARDÉ SON SURVÊTEMENT
BOM
BOM
HÉ !
ÇA T'IRAIT TRÈS BIEN
ÇA T'IRAIT TRÈS BIEN
ÇA T'IRAIT TRÈS BIEN
ÇA RÉSONNE DANS SA TÊTE.
じーん

C'EST MOI !
CETTE VOIX ?!
TU CROIS VRAIMENT QUE C'EST LE MOMENT D'ESSAYER DES VÊTEMENTS ?
JE T'AI CHERCHÉE PARTOUT !
TOILETTES FEMMES
ÇA, C'EST LA MEILLEURE ! T'ÉTAIS PAS LÀ QUAND JE SUIS REMONTÉE !
AU FAIT, J'AI VU TORA DEVANT LE MAGASIN -
KYAAA ! UN GARÇON !
OUI, EN CE MOMENT, NOUS ORGANISONS
DES SÉANCES DE MAQUILLAGE GRATUITES POUR LES CLIENTES DE CE MAGASIN.
C'est vrai ? super ! moi aussi je vais me faire maquiller.
QUEL PIPOTEUR, CELUI-LÀ -
VOILÀ, C'EST FINI.
ET MES VÊTEMENTS, ÇA VA ?
OUI.
C'EST KYO QUI TE LES A CHOISIS, N'EST-CE PAS ?

TU ES RAVISSANTE.
BON, BAH FAUT QUE J'Y AILLE.
ALLEZ, AMUSE-TOI BIEN.
......
MAIS NON !
QU'EST-CE QUE JE RACONTE ? JE SUIS PAS SON PÈRE !
Y'A MÊME LA QUEUE
EXCUSEZ-NOUS.
VOUS POURRIEZ NOUS MAQUILLER, NOUS AUSSI ?

KYO.
CES VÊTEMENTS...
EUH, JE VIENS DE CROISER MA SŒUR...
ELLE M'A DIT DE LES METTRE.
C'EST SETSU QUI ME LES A ACHETÉS.
DÉSOLÉE, JE T'AI FAIT ATTENDRE.
ÇA TE VA SUPER BIEN.
OUF
JE SUIS CONTENT DE TE REVOIR.
ズキ…

TIENS
C'EST BIZARRE.
NNNG...
J'AI MAL AUX PIEDS...
TU ES FATIGUÉE ? TU VEUX QU'ON AILLE BOIRE QUELQUE CHOSE ?
AH
JE NE SAIS PAS POURQUOI -
JE CONNAIS UN SALON DE THÉ PRÈS D'ICI OÙ ON PEUT MANGER DE DÉLICIEUX GÂTEAUX.
D'ACCORD !
KYO EST ADORABLE...
...MAIS JE M'AMUSAIS BEAUCOUP PLUS TOUT À L'HEURE.
ÇA ALORS...
JE LE VOIS PAS.
QU'EST-CE QU'IL Y A ?
NON, RIEN.
AH LÀ LÀ !
BOOK ?
SORTIR À TOKYO
GUIDE DES CAFÉS ET RESTAURANTS LES PLUS SYMPAS
AH !
EUH
EN FAIT -
J'AVAIS TOUT PRÉVU POUR AUJOURD'HUI. J'AI DEMANDÉ À UN AMI MODÈLE DE ME CONSEILLER
C'EST LA PREMIÈRE FOIS QUE JE SORS AVEC UNE FILLE.

DÉSOLÉ, JE SUIS VRAIMENT NUL…
TU COMPTES LUI MENTIR LONGTEMPS COMME ÇA ?
OUF
ÇA Y EST, JE L'AI TROUVÉ !
……………

C'EST LA PREMIÈRE FOIS QUE JE VIENS DANS UN SALON DE THÉ AUSSI MIGNON.
AVEC SETSU, ON VA TOUT LE TEMPS DANS DES SNACKS.
C'EST UN ENDROIT POUR LES FILLES, ÇA♡
JE ME SENS UN PEU TENDUE.
VRAIMENT ?
MOI AUSSI, TU SAIS.
EN FAIT, JE NE PENSE QU'À MOI.
MAIS POUR L'INSTANT, JE PRÉFÈRE QU'IL NE SACHE PAS LA VÉRITÉ.
AI-JE FAIT LE BON CHOIX ?
KYO S'EST CONFIÉ À MOI...
...PARCE QU'IL ME FAISAIT CONFIANCE.
PARCE QU'IL M'AIME !
NON...
...C'EST L'AUTRE RIN QU'IL AIME.
CE N'EST PAS MOI.

JE N'AI PAS LE DROIT DE CONTINUER À LUI MENTIR AINSI.
ÉCOUTE, KYO...
JE ...
JE DOIS LUI DIRE.
JE DOIS LUI DIRE LA VÉRI-TÉ.
EN VÉRITÉ...
TU AS SEULEMENT PEUR QU'IL APPRENNE LA VÉRITÉ,
PARCE QUE TU N'AS PAS CONFIANCE EN TOI.

OUI, J'AI PEUR.
C'EST SETSU QUI AVAIT RAISON.
JE N'AI PAS CONFIANCE EN MOI.
びくっ
EN RÉALITÉ...
...TU NE T'APPELLES PAS RIN SUZUKI, N'EST-CE PAS ?
MON VRAI PRÉNOM ?
JE NE VEUX PAS VOIR SON VISAGE...
...QUAND IL DÉCOUVRIRA LA VÉRITÉ.
IL SERA CERTAINEMENT
TELLEMENT DÉÇU...
KYO, PARDONNE-MOI, MAIS...

...JE NE VEUX PLUS QU'ON SE REVOIE !!
COMPLEX - 15
COMPLEX 3 / FIN

Soleil Productions
247 Avenue de la République
83000 TOULON - FRANCE

Titre original : Complex 3

First published in Japan in 2003
by Akita Shoten, Tokyo
French translation rights arranged
through Tohan.
French translation rights
Vegetal manga shoten-Géronimo

Traduction : Julien Pouly
Conception graphique : Studio Kuma
Directeur de collection : Alex Bodecot

Dépôt légal Février 2004
ISBN 2-84565-705-6
Distribution Hachette
Imprimerie :
Darantiere-Quetigny-France
N° d'impression : 23-1511